MARVEL

LES GARDIENS DE LA GALAXIE VOL. 2

marvelkids.com

Ce roman a paru en 2017 chez Little, Brown and Company
sous le titre *Guardians of the Galaxy Vol. 2.*

Édité par Hachette Livre.

Traduction : Blandine Longre.
Création graphique : Claire Besset.

Hachette Livre, 58, rue Jean-Bleuzen, 92178 Vanves Cedex.

MARVEL

LES GARDIENS DE LA GALAXIE VOL. 2

hachette
JEUNESSE

STAR-LORD

L'aventurier intergalactique Peter Quill n'aurait jamais imaginé devenir un jour célèbre sous le nom de Star-Lord. C'est pourtant exactement ce qu'il s'est produit quand lui et sa bande de hors-la-loi, les Gardiens de la Galaxie, se sont réunis pour sauver l'univers. Aujourd'hui, le héros est prêt à reprendre la route avec ses amis et à lever le voile sur le mystère qui entoure ses origines.

GAMORA

La fille du terrible Thanos est bien décidée à changer de vie. Depuis qu'elle a rejoint les Gardiens, « la femme la plus dangereuse de toute la galaxie » utilise ses qualités de combattante pour sauver des vies !

DRAX

Drax, surnommé le Destructeur, est un guerrier têtu, craint et respecté. Malgré son apparence redoutable, la soif de bataille de ce féroce combattant cache en vérité un cœur en or.

ROCKET

Rocket est le fruit
d'une invention génétique unique.
Même s'il ressemble presque
à un certain animal de la planète Terre,
il serait difficile de trouver aussi habile
avec les armes - et aussi caractériel -
que lui dans toute la galaxie !

L'arbre humanoïde n'a pas hésité
à se sacrifier pour sauver la vie
de ses compagnons. Il doit désormais
faire preuve de patience, car la repousse
est longue, pour redevenir le colosse
qu'il était avant !

GROOT

Les rayons du soleil estival se reflètent sur le capot de la voiture décapotable orange et bleue, qui roule à vive allure sur une route sinueuse longeant le fleuve Mississippi. Le crépuscule est sur le point de tomber, et une chanson d'amour résonne à plein volume sur l'autoradio.

Assise à la place du passager, Meredith Quill chante joyeusement à tue-tête. Entraînée par la mélodie, la jeune fille de dix-huit ans se met à danser sur son siège, en rythme avec la musique.

Le conducteur, élégamment vêtu, se tourne vers Meredith et éclate de rire. D'un geste, il écarte une fine mèche blonde qui s'était coincée entre les lèvres de la jeune fille. Celle-ci retient un bref instant la main de l'homme dans la sienne et se penche vers elle pour s'en servir de micro.

Toujours souriant, le conducteur quitte la route et gare sa voiture près d'une boutique de glaces, dans un quartier tranquille de la ville.

– De la glace pour le dîner ? Quelle bonne idée ! s'exclame Meredith en descendant d'un bond de la décapotable.

Mais l'homme passe devant la boutique sans s'arrêter et se dirige vers la lisière de la forêt qui se trouve juste derrière.

« Une aventure ! pense Meredith. C'est encore mieux qu'une glace ! »

Elle rejoint son compagnon, qui la prend par la main et la guide vers le bas d'une colline escarpée en se faufilant entre les arbres.

– Par ici, ma petite fleur, l'encourage-t-il tandis qu'ils s'enfoncent dans la forêt.

– Où m'emmènes-tu ? demande Meredith, qui a du mal à cacher son enthousiasme.

L'homme ne répond pas et continue de marcher. Au bout d'un moment, il s'immobilise enfin devant un arbre. Intriguée, la jeune fille constate qu'il n'a rien de spécial.

– Pourquoi… ? commence-t-elle.

Son compagnon place gentiment une main sous son menton et l'oblige à baisser les yeux. Soudain, Meredith comprend – ou, du moins, croit comprendre. Il ne l'a pas guidée jusqu'ici pour lui montrer un arbre. Elle ne sait pas encore de quoi il s'agit exactement, mais ce qu'elle voit lui coupe le souffle.

Au pied du tronc, une petite plante étrange est nichée dans la mousse. Elle ne ressemble ni à celles de cette forêt, ni à celles d'aucun autre lieu sur Terre. Haute de quelques centimètres seulement, elle est dotée de feuilles aux motifs complexes et délicats.

– Elle est si belle, chuchote Meredith, comme si elle craignait d'effrayer la plante.

La jeune fille scrute l'homme, qui lui rend son regard. Un regard profond, impossible à déchiffrer. Meredith y découvre pourtant une lueur mystérieuse – preuve que son compagnon, à l'instar de la plante, vient lui aussi d'un autre monde. La jeune fille éprouve alors une impression bizarre. Elle sait que si elle fixe les yeux de cet homme assez longtemps, elle se sentira transportée dans l'espace.

– Elle te plaît ? interroge-t-il, arrachant Meredith à sa transe.

– Oui, beaucoup.

– J'ai d'abord cru que ses racines ne s'habitueraient pas à ce sol, explique-t-il. Heureusement, l'expérience a réussi, et plus vite que je l'imaginais. Bientôt, cette plante sera présente partout à travers l'univers, accomplissant le but ultime de toute vie.

– Lequel, exactement ? demande Meredith, fascinée.

– L'expansion.

Ce mot énigmatique plane entre eux. Avant que la jeune fille puisse y réfléchir davantage, son compagnon la prend tendrement dans ses bras et plonge de nouveau son regard dans le sien. Submergée par l'émotion, Meredith retient quelques larmes de joie.

– Je ne sais pas ce que tu cherches à me dire, murmure-t-elle d'une voix rauque. Mais j'aime la façon dont tu me racontes tout ça.

L'homme la serre plus fort.

– Quoi qu'il arrive, sache une chose : mon cœur t'appartient, Meredith Quill, affirme-t-il.

Il se penche vers elle et pose ses lèvres sur les siennes. La jeune fille ferme les yeux. Jamais personne ne l'a embrassée ainsi. Tandis que leur baiser se prolonge, la plante extraordinaire qui pousse à leurs pieds commence lentement à se transformer et à grandir, ses feuilles et ses branches ondulant et se tortillant. La lumière rayonnante qui se trouve au cœur de cette créature végétale se répand peu à peu afin d'accomplir sa destinée…

UNE MISSION… DE TAILLE

Un bref instant, une fissure interdimensionnelle déchire un pan d'espace avant de se refermer dans un claquement sonore.

Le *Milano* est garé tout près de cette faille cosmique. C'est un vaisseau spatial dont les motifs orange et bleus rappellent étrangement ceux d'une voiture décapotable qui filait sur les routes sinueuses d'une planète lointaine, à l'autre bout de la galaxie, plus de trente ans auparavant. Mais, à l'exception de ces couleurs, les deux véhicules et leurs passagers n'ont pas grand-chose en commun.

– On a eu chaud, déclare Rocket, le raton laveur extraterrestre. Tu es sûr qu'on va y arriver, Quill ?

Il fixe les sangles de sa combinaison, puis s'approche du système de sonorisation du *Milano*. Avec un sourire en coin, il commence à arracher des fils électriques.

– L'ennemi sera là dans une minute, se contente d'annoncer Peter Quill, le capitaine, que l'on surnomme aussi Star-Lord.

Il suit des yeux un point rouge qui se déplace sur un petit appareil : il a fabriqué celui-ci lui-même, en se servant d'une vieille console portable de jeu vidéo qu'il possède depuis l'enfance.

– Il ne se doute pas encore de ce qui l'attend ! ajoute Gamora, l'une des guerrières les plus redoutables de la galaxie, en effectuant une dernière vérification de son arme à feu à longue portée.

– C'est un fusil ? s'étonne Quill.

– C'est la première fois que tu en vois un ? demande-t-elle.

– Mais non ! réplique Peter. Simplement, je croyais que tu préférais te battre à l'épée.

Gamora le dévisage avec stupéfaction.

– On a été engagés pour empêcher une créature interdimensionnelle de voler l'énergie de puissantes batteries, et toi, tu penses que je vais l'affronter avec une simple épée ?

Elle lui tourne le dos et se penche de nouveau vers son arme.

– Pas la peine de me faire la tête, marmonne Peter.

Il sait pourtant que Gamora a raison : il faut qu'ils se concentrent sur la bataille à venir. Il contemple les hautes tours qui se dressent au-dessus d'eux. Ces immenses centrales électriques fonctionnent à l'aide de batteries Anulax, l'une des sources d'énergie les plus convoitées de la galaxie. C'est pour cette raison que les Gardiens de la Galaxie ont été recrutés pour accomplir cette mission : les batteries, qui apportent fierté et pouvoir à leurs propriétaires, les aident aussi à maintenir la beauté et l'équilibre de leur monde, la Souveraine – une planète splendide, si parfaite qu'elle n'a pas pu être créée de façon naturelle. La lumière se reflète sur sa surface dorée, composée d'orbes entrecroisés qui tournoient harmonieusement sur eux-mêmes, tandis que la planète, elle-même, gravite autour d'un soleil bleu.

Un craquement résonne près de Peter et l'arrache à sa rêverie.

– Je suis Groot ! dit un jeune arbre humanoïde haut de trente centimètres.

Même s'il a désormais quitté son pot de terre, Groot n'a pas encore retrouvé sa vigueur et sa taille habituelles.

– En effet, l'ennemi approche ! confirme Quill.

Gamora se tourne alors vers Drax. Le mercenaire musclé, qui a déjà dégainé ses lames, observe le ciel.

– Qu'est-ce que tu fais là ? Va plutôt enfiler ta combinaison spatiale, conseille la guerrière en pointant le doigt sur la poitrine couverte de tatouages rouges de l'homme.

– Non, elle me fait mal, explique celui-ci en secouant la tête.

– Mal ? répète Gamora, surprise.

– J'ai le torse très sensible, grommelle Drax.

Rocket, qui vient de rejoindre ses compagnons, éclate de rire.

– Oh, le pauvre bébé ! raille-t-il. Tu veux un petit biberon ?

– Qu'est-ce que tu fabriques, de toute façon ? interroge le mercenaire, vexé.

Le raton laveur brandit le lecteur de musique de Peter, dans lequel est insérée sa *Super Compil' n° 2.*

– Si je réussis à régler cet appareil, on pourra anéantir la créature qui va surgir d'une de ces failles cosmiques tout en écoutant des chansons.

– C'est vraiment une priorité ? s'étonne Drax.

– Je n'en sais rien, réplique Rocket. Demande à Quill, c'est lui qui aime la musique !

– Pour une fois, je suis d'accord avec Drax, intervient Peter. Tu n'as rien de mieux à faire, Rocket ? Tu pourrais, par exemple, vérifier nos armes.

– À tes ordres, Quill, ironise le raton laveur en se penchant de nouveau vers le système de sonorisation.

– Je suis sérieux, Rocket, proteste le capitaine.

– Il se moque de nous, gronde Drax en scrutant le raton laveur.

Leur querelle est soudain interrompue par l'apparition d'une immense fissure qui fait tout vibrer autour d'eux, comme si l'espace lui-même venait de se déformer légèrement.

Quill observe son équipe. C'est maintenant ou jamais : il est temps que les Gardiens de la Galaxie se livrent à un autre combat héroïque et forcément victorieux !

– Je suis Groot ! déclare le petit arbre en bondissant sur l'épaule de Rocket.

– Ne t'inquiète pas, le rassure celui-ci. Je suis sûr qu'on…

Groot l'oblige à pivoter.

– Je suis Groot, insiste-t-il en indiquant le ciel.

Le raton laveur n'a jamais vu un être aussi monstrueux que la créature rose pâle qui se glisse hors de la faille interdimensionnelle. La bataille ne va pas être facile, il en a conscience. Heureusement, il peut compter sur ses amis, leurs fusils, leurs lames et leurs réacteurs dorsaux ! Sans oublier la musique de Quill…

En souriant, Rocket appuie sur un bouton : une chanson de rock se met à retentir à plein volume dans les haut-parleurs du *Milano.*

Peter se tourne vers ses compagnons.

– Bon, on a déjà affronté des adversaires plus gros… euh, en fait, je ne crois pas ! reconnaît-il. Mais ça n'a pas d'importance, on va botter les fesses de cette créature de l'espace !

Il active le masque de Star-Lord qui lui protège le visage et part à la charge.

La créature en question est un Abilisk, une sorte de poulpe gigantesque, redouté de tous les habitants de la galaxie. Il se nourrit de sources d'énergie et, chaque fois qu'il ouvre la gueule pour rugir, des ondes stridentes s'échappent entre ses dents.

Tout en se servant de leurs combinaisons spatiales afin d'esquiver le monstre, Gamora, Quill et Rocket font feu. Mais l'Abilisk, qui mesure presque trente mètres de long du museau à la queue, est trop puissant, et les tirs de ses assaillants ricochent sur lui. Drax brandit alors ses lames et tente une attaque : il est immédiatement éjecté en arrière. Il atterrit près de Groot en écrasant le système de sonorisation. La musique s'arrête.

– Je suis Groot ? propose l'arbre.

– Non, ne t'en mêle pas, c'est trop dangereux, conseille Drax en se relevant.

Une idée lui traverse l'esprit.

– La peau de cette bête est trop épaisse, nos armes ne pourront pas la transpercer ! crie-t-il à ses compagnons. Il faut que je la détruise de l'intérieur !

Avant que les autres Gardiens aient le temps de comprendre ce qui se passe, le mercenaire tatoué pousse un rugissement et se précipite droit vers la gueule de l'Abilisk... qui l'engloutit aussitôt !

– Super, commente Rocket en continuant de faire feu. Ce gros machin rose vient d'avaler notre copain.

– Qu'est-ce qui lui a pris ? demande Quill, stupéfait.

– Je crois qu'il veut percer la peau de l'Abilisk de l'intérieur, précise Gamora.

– C'est complètement idiot ! s'exclame Peter. Sa peau doit être aussi épaisse qu'à l'extérieur.

– Bon, qu'est-ce tu suggères ? interroge la guerrière.

Le capitaine étudie l'Abilisk en essayant de trouver son point faible. Il remarque alors une blessure peu profonde sur le cou de la créature.

– Gamora, regarde !

– J'ai vu, réplique calmement la guerrière. Rocket et toi, détournez son attention, je me charge du reste.

Quill se propulse dans le ciel tandis que le raton laveur se met à tirer en hurlant des insultes dans toutes les langues qu'il connaît ! L'Abilisk rugit et se contorsionne, des ondes énergétiques jaillissant de sa gueule béante. Sans prévenir, il pivote vers Peter et se jette sur lui.

Gamora en profite pour viser la créature… avant de s'apercevoir que son fusil est enrayé ! D'instinct, elle dégaine son épée, saute sur le cou de la bête et plonge sa lame dans sa gorge. L'Abilisk pousse un dernier mugissement avant d'aller s'écraser sur le sol.

Rocket s'approche du monstre et lui décoche un coup de pied dans la tête.

– Tiens, prends ça ! s'écrie-t-il sur un ton vengeur.

Un grand sourire aux lèvres, Quill se pose près de Gamora.

– Tu vois, tu t'es finalement battue à l'épée ! lui fait-il observer. Tu aurais dû t'y prendre ainsi dès le début.

– Tu remets en question mon habileté de guerrière ? riposte-t-elle en rengainant sa lame.

Soudain, l'Abilisk remue. Peter et Gamora portent spontanément la main à leurs armes, résolus à achever leur adversaire… quand ils voient Drax s'extirper de la blessure de la bête ! Le mercenaire se redresse, triomphant.

– J'ai vaincu ce monstre sans l'aide de personne ! affirme-t-il.

Ses compagnons lui tournent le dos en levant les yeux au ciel, puis activent leurs réacteurs pour rejoindre le *Milano*. Ils doivent à présent se préparer à rencontrer leurs clients afin de leur annoncer la bonne nouvelle.

– Eh bien, quoi ? s'étonne Drax. Personne ne me remercie ?

LA SOUVERAINE

Depuis qu'un mystérieux vaisseau spatial l'a emporté loin de la Terre, il y a un peu plus de vingt ans, Peter Quill a exploré de nombreuses planètes. Il a été élevé par un extraterrestre à la peau bleue du nom de Yondu et a grandi parmi les Ravageurs, des pirates qui explorent la galaxie à la recherche de trésors. Peter a beaucoup appris auprès d'eux, et c'est ce qui lui a permis de rester en vie durant toutes ces années. Maintenant, il compte mettre à profit ce qu'il sait de la planète Souveraine pour aider ses compagnons à ne pas mourir tout de suite – du moins s'ils acceptent de suivre ses conseils.

– Bon, écoutez moi, c'est important, dit-il. Dans une minute, on va rencontrer les habitants de cette planète, les Souverains. Essayez de vous comporter dignement en leur présence.

– Pourquoi est-ce que tu me regardes ? s'écrie Rocket, sur la défensive. Je n'ai encore rien fait !

– Et tu as intérêt à rester tranquille, car ils se vexent facilement et condamnent à mort tous ceux qui les offensent, explique Quill.

– Du moment qu'ils nous remettent ce qu'on leur a demandé, je saurai tenir ma langue, réplique Gamora sur un ton glacial.

– J'espère qu'ils vont surtout nous remercier, grommelle Drax. On a quand même protégé leurs batteries... Comment est-ce qu'elles s'appellent, déjà ?

– Les batteries Anulax, répond Quill.

– Les batteries Harbulax, c'est ça, acquiesce le mercenaire.

En soupirant, Peter commence à se dire qu'il aurait mieux fait de venir seul.

– Laissez-moi leur parler, d'accord ? ajoute-t-il. C'est plus prudent.

Les citoyens de la Souveraine, dotés d'une peau dorée, sont vêtus d'habits élégants et ornent leurs corps sveltes de superbes bijoux. Ils se déplacent avec tant de grâce qu'on a l'impression que leurs pieds touchent à peine le sol.

Les Gardiens de la Galaxie pénètrent dans une vaste salle où siège la Grande Prêtresse Ayesha. Même Rocket a le souffle coupé à la vue de cette femme à la beauté inouïe, plus splendide encore que les serviteurs qui l'entourent. Elle se lève pour accueillir les visiteurs.

– Grande Prêtresse Ayesha, la salue Quill en s'inclinant devant elle. Vous avez l'air… euh… jolie, aujourd'hui.

– Jolie ? répète-t-elle froidement.

– Je voulais dire… très mignonne ? bredouille Peter, à court de mots.

Ayesha le regarde avec dédain, puis esquisse un sourire moqueur.

– Chaque citoyen de cette planète est conçu selon des règles strictes et harmonieuses, explique-t-elle fièrement. Nous sommes tous physiquement et mentalement parfaits. Nous contrôlons l'ADN de notre progéniture, qui germe dans des cosses de gestation.

– Je crois que je préfère la façon habituelle de faire des enfants, plaisante Quill.

Craignant d'avoir offensé la Grande Prêtresse, il regrette aussitôt ces paroles.

– Vraiment ? Un jour, vous pourrez peut-être me donner une leçon d'histoire sur les coutumes archaïques de nos ancêtres, propose Ayesha.

Stupéfait, Quill ne sait plus quoi penser : la Grande Prêtresse est-elle en train de flirter avec lui ?!

– Bien sûr, si c'est dans le cadre de vos recherches, j'accepterai avec plaisir… commence-t-il.

Il s'interrompt, embarrassé, car Gamora vient de pousser un soupir agacé.

– Votre peuple nous a promis une récompense en échange de nos services, intervient la guerrière à la peau verte en s'avançant. Nous partirons dès que vous nous l'aurez remise.

Ayesha observe Gamora comme si elle admirait sa témérité, puis adresse un signe à ses gardes.

Quelques secondes plus tard, une femme menottée encadrée de deux hommes entre dans la salle. L'un des gardes la force à s'agenouiller avant d'ôter le capuchon qui couvre son visage.

C'est Nebula, la redoutable guerrière !

Celle-ci, qui a reconnu les Gardiens de la Galaxie, scrute Gamora avec hargne.

– Chouette, une réunion de famille ! marmonne Peter.

– J'ai cru comprendre que cette femme était votre sœur, n'est-ce pas ? demande Ayesha à Gamora.

Cette dernière oblige Nebula à se redresser avant de répliquer :

– Elle ne représente rien pour moi, hormis la prime que les habitants de la planète Xandar ont offerte pour sa capture.

– Nos soldats l'ont arrêtée alors qu'elle tentait de voler des batteries Anulax, précise la Grande Prêtresse. Vous pouvez disposer d'elle comme vous le souhaitez.

Tandis que les Gardiens de la Galaxie se dirigent vers la sortie, Ayesha rappelle Peter :

– Monsieur Quill ! Quelles sont vos origines ?

– Ma mère était une Terrienne, répond-il, surpris.

– Et votre père ? insiste la Grande Prêtresse.

Peter réfléchit un bref instant.

– Il ne venait pas du Missouri, c'est tout ce que je sais, avoue-t-il sur un ton hésitant, car il n'aime pas aborder ce sujet.

Ayesha l'étudie avec attention, comme si elle était capable de déchiffrer son ADN. Puis elle affiche un sourire de dégoût.

– Je détecte en vous une généalogie inhabituelle, affirme-t-elle. Vous êtes un hybride particulièrement… audacieux.

– Attendez ! rétorque Quill, piqué au vif. Il y a cinq minutes, vous vouliez que je vous enseigne comment on fait les enfants, et maintenant…

Sentant la colère monter en lui, il se souvient des avertissements qu'il a donnés à son équipe, un peu plus tôt. Mieux vaut se monter respectueux envers les Souverains…

– Ça n'a pas d'importance, reprend-il. À un de ces jours, Grande Prêtresse… ou plutôt à jamais, ajoute-t-il à voix basse.

Il s'éloigne à grands pas en passant devant Rocket. Avant de quitter la salle, le raton laveur se retourne et s'adresse à Ayesha avec désinvolture :

– Vous savez, les gens racontent que les Souverains ressemblent à des piquets dorés avec un manche à balai dans les fesses, mais ça n'est pas vrai du tout.

Consternés, ses compagnons se figent sur place. Rocket réalise soudain qu'il a commis une grave erreur.

– Oh, navré, Grande Prêtresse, s'excuse-t-il. Je n'étais pas censé dire ça devant vous !

Ayesha les dévisage un long moment, puis, sans un mot, congédie les Gardiens de la Galaxie d'un geste de la main.

Quill et Gamora s'empressent de sortir avec Nebula, suivis de près par Rocket et Drax.

– Tu as de la chance de ne pas avoir été tué, remarque le mercenaire.

– C'est pas grave, mon grand ! s'exclame le raton laveur avec un sourire espiègle. On a eu le dernier mot, c'est tout ce qui compte.

Il remonte légèrement la manche de sa combinaison et révèle cinq batteries Anulax qu'il a volées ! Drax écarquille les yeux avant d'éclater de rire. Rocket le fait taire et se dépêche de baisser sa manche.

Les Gardiens de la Galaxie rejoignent le *Milano*, garé au milieu des rangées d'omnicrafts, les vaisseaux en forme de capsule des Souverains. Ces engins aux courbes harmonieuses donnent l'impression d'être aussi parfaits que leurs propriétaires, comme s'ils pouvaient naviguer à travers l'espace avec une précision extrême.

Dès que tout le monde est à bord, Rocket s'installe au poste de pilotage. Le *Milano* prend son envol et s'éloigne de la planète dorée à l'instant même où le soleil bleu se lève à l'horizon.

UN ÉVÉNEMENT INATTENDU

D'habitude, il suffit à Peter Quill d'écouter sa *Super Compil' n° 2* pour retrouver sa bonne humeur. Ou, du moins, pour lui faire oublier ce qui le tracasse. Mais, tandis que le *Milano* quitte à vive allure l'orbite de la planète Souveraine, même la chanson au rythme entraînant qui passe sur le système de sonorisation réparé par Rocket ne parvient pas à le calmer.

Peter se débat avec son blouson, qu'il a du mal à enlever. Dès qu'il y est parvenu, il le jette par terre, aux pieds de Gamora.

– On dirait que ce blouson t'énerve autant que la Grande Prêtresse, fait observer la guerrière. Elle a dépassé les bornes, non ?

Quill s'affale dans un fauteuil près du panneau de contrôle.

– Pour qui elle se prend, cette Ayesha ? réplique-t-il en rougissant de colère. Elle a osé me traiter d'hybride audacieux. Et qu'est-ce qu'elle s'est mis en tête à propos de mon père ?

– Je sais que c'est un sujet sensible, répond Gamora en posant la main sur le bras de Quill.

– Pas du tout, ment-il. Simplement, je ne l'ai jamais connu.

La guerrière, qui est la fille adoptive du cruel et redoutable Thanos, se sent mal placée pour lui donner des conseils sur ses parents.

– Au fait, je m'excuse, Gamora, ajoute Peter en se rappelant avec embarras ce qui s'est passé un peu plus tôt. Ne va pas t'imaginer que je flirtais avec la Grande Prêtresse. On bavardait, rien de plus, et c'est elle qui m'a demandé si…

– Je m'en moque, déclare la guerrière avec froideur avant d'ôter brusquement sa main du bras de Peter.

Celui-ci se penche vers elle avec un air amusé.

– Justement, tu ne t'en moques pas, insiste-t-il. C'est pour cette raison que je tiens à m'excuser.

Sans un mot, Gamora saisit les chaînes de Nebula et l'entraîne vers l'arrière du vaisseau.

– Encore désolé ! lance Quill à son amie.

Il se cale sur son siège, un sourire aux lèvres. Il se souvient du jour où il a fait découvrir la musique à Gamora sur un balcon de la station spatiale Nowhere. Puis il repense à la façon dont elle a tué l'Abilisk, et son sourire s'élargit. Elle s'est servie de son épée avec tant de naturel, comme si…

– Gamora n'est pas la femme qu'il te faut, Quill.

C'est Drax, qui vient d'interrompre brutalement la rêverie de Peter.

– Quoi ? Elle et moi… on n'est pas… bafouille celui-ci.

– J'ai vu de quelle manière tu la regardais, il y a quelques minutes, insinue le mercenaire.

– Je ne la regardais pas ! se défend Quill.

– Il y a deux sortes de créatures dans l'univers, continue Drax. Celles qui dansent, et celles qui ne dansent pas.

« Où veut-il en venir ? » se demande Peter, tandis que le mercenaire se tourne vers la vitre pour contempler les étoiles.

– J'ai rencontré ma bien-aimée lors d'une fête guerrière, raconte-t-il. Tous les participants agitaient les bras et les jambes… En fait, ils dansaient. Sauf une femme. Mon Ovette. J'ai immédiatement su qu'on était faits l'un pour l'autre.

– Parce que tu ne sais pas t'amuser ? interroge Quill, sincèrement perplexe.

– Elle était immobile et ne tapait même pas du pied, poursuit Drax. On aurait pu la croire morte.

– Et c'est ce qui t'a séduit chez elle ? ironise Peter.

– Mon cœur s'est emballé. J'ai eu envie de la prendre dans mes bras et de…

– C'est bon, on a compris, le coupe son compagnon. Tu as vécu une historie d'amour fascinante. Je n'ai pas besoin d'entendre la suite.

J'ai saisi ce que tu voulais me dire : je danse, et pas Gamora.

Le mercenaire place ses mains sur les épaules de Quill.

– Il faut que tu trouves une femme pathétique, comme toi, affirme-t-il en souriant.

Sans un mot de plus, il s'éloigne, tandis que Peter lance derrière lui, d'une voix sarcastique :

– Super conversation, merci ! La prochaine fois que j'aurai besoin qu'on me remonte le moral, je saurai à qui m'adresser !

Dans la cale du *Milano*, Gamora attache sa sœur à une paroi. Pendant un instant, les deux femmes refusent de se regarder. Puis les yeux de Nebula se posent sur une coupe de fruits.

– J'ai faim, dit-elle. Passe-moi une racine de yaro !

– Non, elle n'est pas mûre, réplique Gamora. Du reste, sache que je ne peux pas te supporter.

– Vraiment ? riposte Nebula d'une voix pleine de rage. Tu m'as abandonnée là-bas…

– C'est toi qui as décidé de t'enfuir, l'interrompt sa sœur.

– Tu m'as abandonnée pour aller voler l'Orbe, poursuit Nebula. Et moi, je suis enchaînée parce que j'ai simplement *essayé* de voler quelque chose. Dire que tu es devenue une héroïne, avec ces Jardins de la Galaxie !

– Ces… quoi ?

Les deux femmes échangent un regard d'incompréhension. Puis la guerrière à la peau verte réalise soudain ce que sa sœur a voulu dire.

– Oh, les *Gardiens* de la Galaxie ! Pourquoi croyais-tu que nous étions des « jardins » ? demande-t-elle, ébahie devant l'ignorance de Nebula.

– Parce que vous avez pour compagnons un arbre extraterrestre et un animal poilu, explique celle-ci en haussant les épaules. C'est un nom complètement idiot, de toute façon.

– Ce n'est pas moi qui l'ai inventé, se défend Gamora.

Sans prévenir, Nebula se précipite en avant et s'immobilise à quelques centimètres du visage de sa sœur. Celle-ci ne recule pourtant pas : elle sait que les liens de la captive l'empêcheront d'aller plus loin.

– Je serai bientôt libérée de ces chaînes, crache Nebula en la foudroyant du regard. Et alors, je te tuerai, je le jure.

– Ça m'étonnerait, répond Gamora, impassible. Tu finiras tes jours dans une prison de Xandar en regrettant de ne rien pouvoir contre moi.

Les deux sœurs se dévisagent en silence quand, tout à coup, les sirènes d'alarme du vaisseau retentissent. Au-dessus d'elles, une lumière rouge se met à clignoter.

Sans perdre une seconde, Gamora s'élance vers l'escalier et le grimpe à toute vitesse pour rejoindre ses compagnons. En chemin, elle rencontre Drax, qui court à côté d'elle jusqu'au poste de pilotage, où Peter et Rocket sont déjà installés.

– Que se passe-t-il ? interroge la guerrière.

– La flotte des Souverains nous a pris en chasse ! annonce Quill.

L'AFFRONTEMENT SE PRÉPARE

À travers la galaxie, la flotte dorée des Souverains a la réputation d'être précise, rapide et rusée. Les omnicrafts en forme de capsules sont équipés de part et d'autre de blasters redoutables, et n'importe qui paniquerait à la vue d'une vingtaine de ces vaisseaux. Sans oublier que les pilotes, comme tous les citoyens de la Souveraine, sont conçus pour être de parfaits combattants.

– On va avoir de gros ennuis, déclare Quill en essuyant son front transpirant. Comment va-t-on éviter une bataille ?

– Pourquoi nous poursuivent-ils ? demande Gamora. On a pourtant accompli la mission qu'ils nous avaient confiée !

– C'est probablement parce que Rocket leur a volé des batteries, révèle Drax.

Le raton laveur secoue la tête en lui décochant un regard affolé.

– Euh… non, il n'a rien volé, se dépêche de rectifier le mercenaire. Et je ne sais pas pourquoi la flotte nous a pris en chasse. C'est un mystère…

Mais Quill et Gamora fixent déjà Rocket d'un air furibond. Sur les moniteurs de contrôle, les vaisseaux dorés sont maintenant assez proches pour dévoiler les visages des pilotes sur un écran installé au centre de chaque omnicraft : la mâchoire crispée, ils semblent déterminés à détruire ceux qui ont commis un tel affront.

– Attention ! s'écrie soudain Rocket en pointant le doigt sur un écran.

Quill fait dévier la trajectoire du *Milano*, évitant de justesse le premier tir ennemi.

– On ne peut plus revenir en arrière, soupire Gamora.

– Qu'est-ce qui t'a pris ? hurle alors Peter en se tournant vers Rocket.

– Elles étaient faciles à voler, voilà tout, se contente-t-il de répondre en haussant les épaules.

– C'est ta seule excuse ? interroge Gamora, stupéfaite par la témérité du raton laveur. Je devrais t'enchaîner à côté de Nebula !

– Vous devriez surtout me remercier, affirme Rocket. Cette Grande Prêtresse nous a traités avec mépris ! Surtout toi, Quill. Ça lui servira de leçon !

– Oh, en fait, tu as volé ces batteries pour me rendre service, c'est ça ? se moque Peter. C'est trop gentil. Dommage que les Souverains ne l'aient pas compris, ils nous auraient laissés tranquilles !

– Exactement, réplique Rocket en croisant les bras.

– C'était de l'ironie ! s'emporte Quill.

– Oh, non, tu m'as roulé ! proteste le raton laveur, hargneux. Tu aurais dû prendre ta voix ironique ! Maintenant, j'ai l'air d'un abruti.

À ces mots, Drax ne peut s'empêcher de rire.

– Et toi, tu ferais mieux de te taire ! fulmine Peter en manœuvrant le vaisseau pour esquiver un autre tir. Vu que tu étais au courant, tu es aussi coupable que Rocket.

Gamora, qui en a plus qu'assez, frappe le tableau de bord du plat de la main.

– Ça vous ennuierait d'interrompre cette dispute jusqu'à ce qu'on ait survécu à la terrible bataille spatiale qui nous attend ? demande-t-elle, tendue.

Rocket et Quill échangent un regard surpris.

– Waouh ! J'en connais une qui s'est levée du pied gauche, ce matin ! constate alors le raton laveur en désignant la guerrière.

Mais Peter fronce les sourcils.

– N'essaie pas de faire copain-copain avec moi, Rocket ! Pour l'instant, je me retiens de te mettre mon poing dans la figure !

– Évidemment, tu n'as pas d'autre solution que la violence, riposte le raton laveur.

– Tais-toi, siffle Quill avant de se pencher sur les moniteurs pour éviter une rafale de blaster.

– Ces vaisseaux manquent souvent leurs cibles, observe Gamora. Je croyais pourtant qu'ils possédaient une précision de tir extrême.

– Tu ne mets pas ça sur le compte de mes talents de pilote ? remarque Quill, vexé.

– Je crois que ce sont plutôt des tirs d'avertissement, explique la guerrière. S'ils voulaient réellement nous anéantir, ils l'auraient déjà fait.

– On va pouvoir tester ta théorie ! annonce Peter en montrant un autre bataillon d'omnicrafts qui vient de surgir devant eux.

– Super ! se réjouit Rocket en pointant les canons de leur vaisseau sur l'ennemi. J'avais justement envie de faire exploser quelques-uns de ces engins !

La flotte se déploie aussitôt, esquivant habilement le barrage de feu du *Milano*. Les petites capsules s'élèvent et tournoient dans les airs, exécutant une danse gracieuse qui leur permet de se faufiler entre les tirs. La supériorité des pilotes Souverains est indéniable, leurs yeux ne quittant jamais leur cible en dépit des rafales rapides que Rocket leur envoie.

Un rayon laser jaillit du canon du *Milano* et traverse l'espace à toute allure en direction d'un omnicraft. Le pilote hésite un bref instant… Trop tard ! Sa capsule explose en plein vol !

– Je l'ai eu, cet imbécile ! s'écrie le raton laveur. À qui le tour ?

Gamora observe l'un des vaisseaux avec attention.

– Tu as peut-être détruit un omnicraft, mais personne n'est mort, déclare-t-elle. Le visage que tu vois sur chaque écran est une image. Les pilotes ne sont pas à bord.

– Dans ce cas, où sont-ils ? demande Quill.

Sur l'immense plateforme d'embarquement de la planète Souveraine sont alignés des dizaines de postes de contrôle où sont assis des pilotes, les yeux rivés sur des écrans. Ils activent des boutons et lancent des missiles comme s'ils se trouvaient à l'intérieur des omnicrafts, qu'ils contrôlent à distance, à l'abri des tirs ennemis.

Sur l'un des moniteurs, une pilote observe le tir d'un des canons du *Milano* qui arrive droit sur l'omnicraft qu'elle dirige. Soudain, l'image de son écran se brouille, et la femme pousse une exclamation agacée. Puis elle se tait à la vue de son commandant, qui lui adresse un regard désapprobateur.

Tandis qu'Ayesha rejoint l'amiral de sa flotte, son visage d'habitude serein affiche une expression mécontente.

– Qu'attendez-vous pour vous débarrasser d'eux, amiral ? interroge-t-elle.

– Si nous détruisons leur vaisseau, Grande Prêtresse, nous risquons de détruire aussi nos batteries, explique l'homme, hésitant. Comme vous le savez, celles-ci sont si puissantes qu'elles pourraient faire exploser notre flotte…

D'un geste, Ayesha lui ordonne de se taire.

– Nous possédons des milliers de batteries et autant d'omnicrafts, déclare-t-elle d'une voix rageuse. Il importe avant tout de nous venger de ces Gardiens de la Galaxie. Nous les avons récompensés et, en échange, ils ont osé dérober ce qui nous appartient ! Ce crime ne peut rester impuni.

– Oui... je... comprends, Grande Prêtresse, bafouille l'amiral.

– Anéantissez leur vaisseau, ordonne-t-elle.

L'homme s'incline respectueusement devant elle, puis se dirige vers le poste de commande.

– Votre attention, s'il vous plaît... commence-t-il, s'adressant à tous les pilotes dans un micro. Feu à volonté !

– Mourez tous, bande d'abrutis dorés ! hurle Rocket.

Il fait pivoter les canons du *Milano* d'un côté et de l'autre, tirant sur tout ce qui se trouve sur son chemin.

– Je suis Groot, précise calmement le jeune arbre.

– Oui, je sais, ces omnicrafts sont contrôlés à distance, réplique le raton laveur en souriant à son ami. Mais c'est ce qui rend ce combat plus amusant encore.

Gamora jette un coup d'œil à l'extérieur.

– La flotte entière a ouvert le feu ! prévient-elle en essayant de ne pas céder à la panique.

– Comme si je ne le savais pas ! s'écrie Quill, qui se concentre sur la navigation du vaisseau pour éviter les rayons lasers de l'ennemi.

– Je suppose que ce ne sont plus des tirs d'avertissement, remarque Rocket, à présent inquiet.

– Je ne veux plus t'entendre jusqu'à ce que… commence Peter, toujours furieux contre le raton laveur.

Il est interrompu par une brusque embardée du *Milano*, qui bascule sur le côté. Les sirènes d'alarme se déclenchent aussitôt.

– J'ai un mauvais pressentiment, marmonne Drax.

– Ah bon ? ironise sèchement Gamora.

– On vient de perdre une bonne partie de l'aile droite, annonce Quill à son équipe.

– Ce n'est pas en continuant d'éviter leurs tirs qu'on s'en sortira, affirme la guerrière en observant les dizaines d'omnicrafts qui sont passés à l'attaque. Sans vouloir t'offenser, Peter, ajoute-t-elle.

– Pour une fois, je suis d'accord avec toi, approuve celui-ci. On n'est ni assez armés pour les combattre ni assez rapides pour les distancer. Quelle est la planète la plus proche ?

Gamora consulte un moniteur où défilent des images de l'espace.

– Celle-ci ? suggère Drax en désignant un point sur la carte.

– Elle n'est pas habitable, rétorque la guerrière en repoussant la main du tatoué. Certains d'entre nous ne peuvent pas survivre à des températures inférieures à zéro, tu sais.

Comprenant que son aide n'est pas appréciée, Drax s'écarte en grommelant.

– J'en ai trouvé une, indique Gamora un instant plus tard. La planète Berhert.

– Un nom charmant, commente Peter, tendu. Elle est loin ?

– Non… à un kilomètre, répond Gamora avec une pointe d'hésitation qui n'échappe pas au capitaine.

– Quel est le problème ? demande-t-il.

– Pour la rejoindre, il faut d'abord passer le champ d'astéroïdes quantum situé sur notre gauche, précise la guerrière.

Quill regarde dans cette direction : une masse de centaines de rochers lumineux gravitent sans trajectoire définie. Certains se volatilisent pour se rematérialiser un peu plus loin… ce qui risque de compliquer la navigation.

Sans réfléchir davantage, Peter effectue un virage et dirige le *Milano* droit sur les astéroïdes.

– Tu m'impressionnes, Quill, dit alors Drax. Pour réussir à traverser un machin pareil, il faudrait être le meilleur pilote de l'univers.

– Heureusement pour nous, je suis… commence Peter.

– Non, c'est moi ! le coupe Rocket en activant une manette qui lui permet de prendre le contrôle du vaisseau.

– Rends-moi ça ! s'emporte Quill en essayant d'atteindre la manette.

Mais le raton laveur écarte sa main d'une petite claque.

– C'est à ton tour de tirer, maintenant, réplique-t-il. C'est plus drôle d'être aux commandes !

Le *Milano* s'enfonce dans le champ d'astéroïdes. Des pierres tournoyantes apparaissent et disparaissent sous les yeux des Gardiens de la Galaxie. Rocket vire soudain sur la droite : juste à temps pour ne pas percuter des rochers chatoyants qui viennent de se matérialiser à l'endroit même où le vaisseau se trouvait une seconde plus tôt. Gamora retient une exclamation de frayeur, tandis que Groot se cache sous un siège. Drax sourit, heureux d'avoir échappé à une mort certaine.

La flotte des Souverains part à la poursuite du *Milano*. Même si les pilotes sont très expérimentés, ils n'ont pas l'habitude de se montrer aussi téméraires que les Gardiens de la Galaxie. Par conséquent, leurs omnicrafts sont pulvérisés les uns après les autres par les astéroïdes qu'ils percutent.

Sur la planète Souveraine, Ayesha assiste au désastre sans un mot, les poings crispés. Les pilotes sortent de leurs cabines en baissant la tête de honte.

Pendant ce temps, à bord du *Milano*, Quill a décidé de reprendre les choses en main. Alors que Rocket, concentré, s'approche d'une grosse masse d'astéroïdes, Peter active la manette et les esquive au dernier moment !

– Qu'est-ce que tu fais ? s'indigne Rocket.

– Je pilote ce vaisseau depuis l'âge de dix ans ! précise le capitaine tout en évitant habilement un autre astéroïde.

– Et moi, j'ai été cybernétiquement programmé pour piloter un engin spatial, jeune Terrien ! riposte le raton laveur.

Il reprend le contrôle du *Milano* et vire à gauche pour ne pas heurter un rocher scintillant qui vient d'apparaître devant eux.

– Tu as surtout été cybernétiquement programmé pour être insupportable ! s'énerve Peter en s'emparant de nouveau des commandes pour survoler un astéroïde particulièrement imposant.

– Arrêtez, ou vous allez provoquer une catastrophe ! intervient Gamora, qui frappe le tableau de bord des deux mains.

Rocket recule sur son siège en lui décochant un regard noir, puis se tourne vers Quill.

– Ce soir, en t'allongeant sur ta couchette, tu sentiras quelque chose de mou, prévient-il. Et tu découvriras alors la crotte que je vais glisser dans ton oreiller.

À ces mots, Gamora s'éloigne en soupirant. Rocket en profite pour activer la manette.

– Je l'ai bien eue ! marmonne-t-il, triomphant.

– Ne t'avise pas de me jouer un tour pareil, ou je te tondrai comme un mouton ! menace Peter.

– Oh, rassure-toi, ce ne sera pas ma crotte, mais celle de Drax, précise le raton avec un air réjoui.

Le mercenaire ne peut s'empêcher d'éclater de rire.

– Je vous rappelle qu'on est sur le point de mourir ! s'exclame Gamora, exaspérée.

– Je suis réputé pour mes grosses crottes, essaie d'expliquer Drax. Et comme elles bouchent régulièrement les tuyaux, c'est moi qui m'occupe de la plomberie.

– Ça suffit ! hurle la guerrière, qui en a par-dessus la tête de la désinvolture de ses compagnons.

Le *Milano* poursuit sa route dans le champ d'astéroïdes, pendant que Rocket et Quill continuent de se disputer les commandes…

Sur la planète Souveraine, Ayesha commence à perdre patience.

– Cet échec est inacceptable, dit-elle à l'amiral de sa flotte.

– Avec tout le respect que je vous dois, Grande Prêtresse, je ne m'attendais pas à ce que ces Gardiens de la Galaxie fassent preuve d'une telle imprudence, répond l'homme. Ils ne doivent même pas se douter que les batteries qu'ils transportent sont hautement explosives. Sinon jamais ils ne se seraient aventurés entre ces astéroïdes…

Ayesha le fait taire d'un regard.

– Je ne vous ai pas demandé d'analyser les motivations de l'hybride et de son équipage, siffle-t-elle. Il est temps de me proposer des solutions efficaces pour nous venger d'eux, amiral !

– Oui, Grande Prêtresse, acquiesce-t-il.

Il s'éloigne rapidement pour aller étudier une carte spatiale de la région sur un écran et la progression de ses pilotes sur un autre, tandis qu'Ayesha observe les omnicrafts, qui font de leur mieux pour se faufiler entre les rochers lumineux.

À bord du *Milano*, Gamora annonce avec soulagement :

– On se rapproche de la planète Berhert, et il ne reste plus que quelques omnicrafts derrière nous !

– Merveilleuse nouvelle, approuve Quill. À mon tour de piloter, maintenant.

– Pas question ! proteste Rocket. C'est grâce à moi qu'on a pu traverser ce champ d'astéroïdes, et tu veux être le seul à recevoir des félicitations, c'est ça ?

Peter et le raton laveur s'emparent en même temps de la manette en oubliant de vérifier le moniteur… Avant que Gamora ait le temps

de les avertir, un énorme rocher percute l'arrière du *Milano*, qui vibre violemment.

– On a été touchés ! braille Rocket, dont la voix est à moitié couverte par la sonnerie stridente des alarmes.

– Vraiment ? s'écrie Quill. Comment as-tu réussi à déduire ça, petit génie ? Quelle partie du vaisseau est endommagée ? interroge-t-il en se tournant vers Gamora.

Celle-ci consulte les écrans.

– La section arrière de la cale, répond-elle, soudain blême.

– Et qu'est-ce qu'il y a, dans la cale ? lui demande Peter, tandis que le vaisseau continue d'osciller dangereusement.

– Nebula.

Sans hésiter davantage, Gamora s'élance vers l'escalier qui mène à la cale, mais, avant de pouvoir l'atteindre, elle est projetée contre une paroi.

À l'arrière du *Milano*, une partie de la coque a été arrachée par la collision avec l'astéroïde.

Même si Nebula est encore retenue à la paroi du vaisseau par ses chaînes, le trou béant s'agrandit de plus en plus, entraînant des caisses de matériel, qui flottent déjà dans le vide spatial.

Tandis que son visage et son corps privés d'oxygène se fissurent peu à peu, la prisonnière appelle vainement à l'aide…

UN ENNEMI REDOUTABLE

À bord du *Milano*, c'est le chaos le plus total ! Tandis que le trou s'élargit, une partie de la cargaison et des armes est emportée dans le néant de l'espace.

– Je suis Groot ! crie le jeune arbre extraterrestre, qui est entraîné par un puissant courant d'air.

– Tiens bon, j'arrive ! l'encourage Peter.

Il active son masque de protection et tend la main vers Groot, qui allonge l'une des branches qui lui servent de bras pour attraper les doigts de son capitaine. Celui-ci tire brutalement l'arbre et le ramène jusqu'à lui.

– Je suis Groot, murmure-t-il, soulagé.

– Oui, tu es en sécurité, confirme Quill, mais on n'est pas encore sortis d'affaire ! Tu peux me donner un coup de main ? ajoute-t-il en désignant un voyant lumineux qui clignote au-dessus d'eux.

En souriant, Groot enroule ses branches autour des bottes de Peter et le soulève d'une trentaine de centimètres. Quill parvient alors à appuyer sur le bouton. Aussitôt, un bouclier énergétique bleu apparaît à l'arrière du vaisseau et recouvre le trou béant. Nebula, toujours enchaînée, s'écroule sur le sol.

Peter ôte son masque et se tourne vers ses compagnons.

– Vous voyez ? J'ai bien fait d'installer ce bouclier, pas vrai ? se vante-t-il.

Gamora lui lance un regard noir, tandis que Drax pointe le doigt sur Rocket.

– Tu ressembles à un orloni électrifié ! s'esclaffe-t-il.

Le raton laveur observe son reflet dans la vitre et constate que sa fourrure est tout hérissée.

– C'est ce qui arrive quand Quill est aux commandes, marmonne-t-il, vexé.

– Il y en a un autre ! s'exclame soudain Gamora.

– Un autre quoi ? interroge Peter en courant vers le cockpit. Un ver de l'espace ? Un astéroïde ? Un trou dans le vaisseau ? Sois plus précise, s'il te plaît.

– Un omnicraft qui file vers nous à toute allure, réplique sombrement la guerrière.

– J'aimerais bien rencontrer ce courageux pilote, commente Drax en secouant la tête, l'air admiratif.

– Alors qu'il a l'intention de nous tuer ? s'étonne Rocket. N'importe quoi !

Au même instant, un tir de l'omnicraft dérape sur le *Milano*, dont toutes les lumières s'éteignent. Gamora entre une série de codes sur le tableau de bord avant de taper du poing, frustrée.

– Nos canons sont désactivés ! annonce-t-elle.

– On va voir de quoi ce pilote est capable, déclare Drax en se dirigeant vers l'arrière du vaisseau.

– On est encore loin de la planète Berhert, Gamora ? demande Peter.

– Vu le détour qu'on a fait, à une vingtaine de kilomètres.

Une autre rafale secoue le *Milano* et arrache une partie de son aile droite. Rocket et Quill échangent un regard consterné, comme pour se dire : « Allez, gros malin, sors-nous de cette situation ! » Malheureusement, aucun d'eux n'a de solution à proposer...

Du coin de l'œil, Peter voit Drax qui descend dans la cale.

– Génial, notre premier déserteur, marmonne-t-il, de plus en plus pessimiste.

– L'omnicraft gagne du terrain, avertit Rocket. Comment on va faire pour se défendre ? Lui jeter des crottes de Drax dessus ?

– Tais-toi, je réfléchis ! rétorque le capitaine.

– Oh, quand Quill se met à réfléchir, préparez-vous à mourir ! se moque le raton laveur.

À l'arrière du vaisseau, Nebula voit Drax approcher.

– Je vais bien, merci, lui dit la guerrière avec amertume.

– Oh, je ne savais pas que tu étais là ! remarque le mercenaire, qui avait en effet oublié la présence de la prisonnière dans la cale. Content que tu sois encore en vie.

Nebula reste bouche bée : elle a du mal à croire que personne ne se soucie d'elle ! Avant qu'elle ait le temps de protester, Drax passe devant elle, s'empare d'un câble fixé au mur et accroche l'une de ses extrémités à sa ceinture.

– Où vas-tu ? demande Nebula.

– À la rencontre d'un ennemi digne de ce nom, explique le mercenaire, un sourire aux lèvres.

Sur la plateforme d'embarquement de la planète Souveraine, tous les pilotes sont rassemblés autour d'un de leurs compagnons, le seul dont l'omnicraft n'a pas été détruit dans le champ d'astéroïdes. Ils l'encouragent tandis qu'il continue de poursuivre le *Milano*. Un peu à l'écart, Ayesha fait signe à l'amiral d'approcher.

– Qui est ce pilote ? interroge-t-elle en désignant l'homme.

– Il… s'appelle Zylak, Grande Prêtresse, bredouille l'amiral. L'un des meilleurs que nous ayons. Il a un instinct de tueur et se montre parfois très agressif.

– Laissez-le se déchaîner, ordonne Ayesha en souriant.

L'amiral transmet l'ordre dans un micro relié à la cabine de pilotage de Zylak.

– La Grande Prêtresse peut compter sur ma loyauté, répond celui-ci avant de se pencher vers sa console pour propulser un barrage de rayons lasers en direction du *Milano*.

Zylak regrette presque d'avoir à détruire ce vaisseau… L'habileté de son pilote à naviguer dans le champ d'astéroïdes l'a impressionné, même s'il trouve que les tactiques de l'équipage sont un peu désordonnées.

Un autre tir détruit complètement l'aile gauche du *Milano*. À l'intérieur, les Gardiens de la Galaxie se raccrochent à tout ce qui leur tombe sous la main tandis que le vaisseau tournoie sur lui-même.

– On est non seulement privés d'armes, mais aussi d'ailes ! constate Rocket. Quelqu'un a une idée ?

– Je suis Groot ? suggère le petit arbre.

– Non, les crottes de Drax ne nous fourniraient pas assez de munitions ! ricane le raton laveur.

Resté à l'arrière du vaisseau, le mercenaire trouve un boîtier sur lequel est inscrit : « COMBINAISONS SPATIALES POUR LES URGENCES ». Juste au-dessous, Rocket a ajouté de son écriture maladroite : « OU POUR SE MARRER ». Drax en retire un disque, qu'il plaque au centre de sa large poitrine. Immédiatement, une enveloppe chatoyante faite d'une sorte de gel le recouvre des pieds à la tête. Les yeux brillants de plaisir, il affiche un grand sourire.

Sur la planète Souveraine, Zylak a lui aussi les yeux qui pétillent tandis qu'il tire une nouvelle rafale : celle-ci endommage une partie du toit du *Milano.* « Bon, il est temps de passer aux choses sérieuses et d'anéantir ces voleurs de batteries », pense le pilote. Il fait pivoter son omnicraft et le positionne pour l'attaque finale.

Dans le poste de pilotage du *Milano,* Gamora observe son écran de contrôle avec nervosité.

– Quinze kilomètres, annonce-t-elle.

– J'ai l'impression que l'omnicraft revient de ce côté, avertit Rocket. Hé, Drax, c'est sûrement le moment de te servir de tes lames...

Il s'interrompt et cherche le tatoué des yeux.

– Quelqu'un a vu Drax ? interroge-t-il, surpris.

Pendant ce temps, vêtu de sa combinaison spatiale chatoyante, le mercenaire plonge la main dans un autre boîtier fixé à la paroi du vaisseau et en retire un imposant fusil.

– Ne t'avise pas de prendre quoi que ce soit, prévient-il en se tournant vers Nebula. Je n'aime pas les voleurs.

– Parce que tes compagnons sont des gens honnêtes, peut-être ? réplique la prisonnière.

– Ce sont des exceptions, grommelle Drax après une seconde de réflexion. Allez, au revoir.

– Au revoir ? répète Nebula sans comprendre.

Le mercenaire traverse le bouclier de protection qui couvre le trou béant et s'éloigne en flottant dans l'espace !

Dans le poste de pilotage, Gamora écarquille les yeux.

– Je crois que j'ai trouvé Drax ! déclare-t-elle.

Elle désigne l'énorme mercenaire, qui, de l'autre côté de la vitre, s'approche de l'omnicraft en le visant de son fusil.

– Il est complètement fou ! gémit Quill.

Sur son écran, Zylak voit une silhouette reliée à une sorte de câble qui se dirige vers la capsule. Puis, en consultant ses fichiers, il réalise que c'est l'un des Gardiens de la Galaxie. « L'occasion de tester la précision de mes armes ! » pense-t-il en ricanant.

Il pointe alors ses canons sur Drax.

Soudain, le *Milano* s'écarte sur la gauche en entraînant le mercenaire dans son sillage. Celui-ci n'a apparemment pas remarqué qu'il a évité la mort de justesse ! Il lève son fusil et tire sur l'omnicraft.

Il lui suffit d'un rayon laser pour faire exploser le petit vaisseau.

Dans son poste de pilotage, Zylak laisse échapper un hurlement consterné, avant d'aller s'agenouiller devant la Grande Prêtresse, qui le toise sévèrement.

– Cinq kilomètres ! s'exclame Gamora.

À cet instant, Drax remonte à bord et rejoint ses compagnons dans le cockpit.

– Une fois encore, j'ai vaincu l'ennemi sans l'aide de personne ! annonce-t-il, triomphant.

– Bravo, le félicite Peter, qui juge préférable de ne pas le contredire. Bon, il est temps de... Oh, non ! ajoute-t-il, découragé.

Des dizaines d'omnicrafts volent en formation serrée entre le *Milano* et le point de chute de ce dernier.

– Comment ont-ils réussi à arriver jusqu'ici ? demande Rocket, incrédule, en s'emparant de son pistolet.

– Ils ont dû prendre leur temps et contourner le champ d'astéroïdes, devine Quill. Comme dans la fable du lièvre et de la tortue.

– Tu veux dire que Rocket est le lièvre ? interroge Drax, l'air perplexe.

– Si on n'était pas en danger de mort, je te raconterais volontiers cette histoire, soupire Peter.

– Je suis Groot ! prévient le jeune arbre en pointant une branche vers l'extérieur.

Avec stupéfaction, ses compagnons découvrent un vaisseau ovale qui flotte entre eux et la flotte des Souverains.

– D'où est-ce qu'il sort, celui-là ? grommelle Rocket. Je n'en ai jamais vu de pareil. Regardez…

Avant qu'il puisse terminer sa phrase, une lumière aveuglante les oblige, ses amis et lui, à fermer les yeux. Quand ils les rouvrent, les Gardiens de la Galaxie s'aperçoivent que tous les omnicrafts ont disparu, comme engloutis par l'éclat éblouissant qui a émané du mystérieux vaisseau.

– Waouh… Qui a fait ça ? chuchote Rocket.

– Je n'en sais rien et, pour l'instant, je m'en moque, réplique Peter d'une voix pressante. On est au-dessus de notre point de chute !

Les moteurs du *Milano* se mettent à gronder et propulsent en avant le vaisseau cabossé et privé d'ailes.

– Hé, Quill ! appelle Rocket. Je crois que tu devrais voir ça…

Peter suit le regard du raton laveur, qui lui montre le mystérieux vaisseau ovale. Il remarque alors la silhouette d'un homme juste devant l'entrée du navire spatial. Celui-ci semble à la fois détendu et puissant, comme si l'oblitération des omnicrafts n'avait rien d'extraordinaire.

Une seconde avant que le *Milano* ne plonge vers la planète Berhert, Quill voit l'inconnu lever la main pour le saluer…

UNE SURPRENANTE RÉVÉLATION

– Préparez-vous à une chute terrible… commence Peter.

Il s'interrompt tandis que le *Milano* plonge à travers les arbres d'une forêt, brisant leurs branches sur son passage. Le capitaine vérifie que ses compagnons sont tous bien attachés, préparés à l'impact… sauf Groot, qui mâchouille un bonbon.

– Je suis Groot ! hurle-t-il, visiblement très excité.

Dans un grand fracas, le vaisseau s'écrase sur la surface de la planète Berhert. Quill grimace à la vue des feuillages plaqués contre les vitres de la cabine de pilotage.

Alors que ses amis, désorientés, se détachent et se lèvent lentement de leurs sièges, Drax reste assis et respire bruyamment, comme s'il venait de faire un tour sur les montagnes russes.

– C'était incroyable, déclare-t-il en souriant.

Gamora lève les yeux au ciel avant de s'en prendre à Quill et à Rocket.

– À cause de vous deux, on a failli mourir ! les accuse-t-elle, exaspérée.

– C'est sa faute, affirme Peter en désignant le raton laveur. Il n'avait qu'à ne pas voler des batteries Anulax aux Souverains.

– Tu sais pourquoi je l'ai fait ? s'emporte Rocket. Parce que j'en avais envie, voilà tout ! Et on aurait pu s'échapper sans le moindre incident si tu savais naviguer aussi bien que moi, pas comme les Ravageurs qui t'ont élevé.

– Quel imbécile, ce raton laveur ! grommelle Quill.

– Ne me traite pas de raton laveur ! s'indigne Rocket.

– Oh, désolé, s'excuse Peter en feignant la politesse. J'aurais dû dire « cet affreux panda » !

Pris de court, Rocket reste muet.

– C'est moins insultant ? demande-t-il à Drax.

– Je n'en sais rien, avoue le mercenaire avec un haussement d'épaules.

– C'est pire, assure Peter en s'esclaffant.

À ces mots, Rocket s'élance sur le capitaine en braillant :

– Espèce de Terrien poilu et puant, je…

Mais l'arbre extraterrestre bondit entre eux pour les séparer et pointe une brindille vers l'arrière du *Milano*, qui est maintenant complètement arraché.

– Je suis Groot ! Je suis Groot ! répète-t-il en sautant sur place.

Sans une seconde d'hésitation, les Gardiens se précipitent vers l'endroit où Nebula est retenue prisonnière. Celle-ci désigne le ciel, où vient d'apparaître le vaisseau ovale.

– Cet engin nous a suivis jusqu'ici, déclare-t-elle sèchement.

Un nuage de poussière tournoie autour de Peter et de ses compagnons, qui dégainent leurs armes, résolus à se défendre. Nebula, qui aimerait se joindre à eux, tire sur ses chaînes.

– Libère-moi, ordonne-t-elle à Gamora. Vous allez avoir besoin de moi.

– Tu me prends pour une idiote ? se moque sa sœur.

– Tu en seras une si tu interdis à une guerrière chevronnée de combattre à vos côtés ! riposte Nebula en essayant de se dégager de ses liens.

– Tu me sauteras à la gorge dès que je t'aurai détachée, affirme Gamora.

– Non, ce n'est pas mon intention, assure sa sœur sur un ton pourtant peu convaincant.

– Je pensais qu'une meurtrière aussi cruelle que toi aurait appris à mieux mentir, intervient Peter.

À cet instant, le vaisseau ovale atterrit en écrasant tous les arbres alentour.

– C'est le vaisseau de l'homme qu'on a vu dans l'espace ! s'exclame Drax, plein d'espoir. Celui qui nous a débarrassés de la flotte des Souverains.

Une porte s'ouvre à l'avant du navire spatial, et le sas de décompression de la cabine émet un sifflement. Une silhouette masculine apparaît sur le seuil et se dirige à grands pas vers les Gardiens de la Galaxie. Même si Peter ne se rappelle pas avoir déjà vu cet homme, il sent sa gorge se serrer. Cet inconnu lui semble familier, comme un souvenir lointain, presque effacé de sa mémoire.

Derrière le mystérieux individu, Quill voit une femme à la beauté étrange, dont la tête est surmontée d'antennes. Elle s'immobilise devant l'équipage du *Milano* et scrute chacun de ses membres avec attention. En revanche, l'inconnu ne peut détacher son regard du capitaine.

– Je t'ai retrouvé, dit-il, un grand sourire aux lèvres. Après toutes ces années, je ne pensais plus te revoir un jour, Peter…

Ce dernier se raidit, déterminé à se servir de son arme si nécessaire.

– Merci de nous avoir aidés contre les omnicrafts, répond-il avec méfiance. Mais qui êtes-vous ? Et comment savez-vous mon nom ?

Le sourire espiègle de l'inconnu s'élargit.

– Je pensais que tu me reconnaîtrais sans mal, à mon allure et à ma beauté virile, même au bout de trente ans, ajoute-t-il en s'approchant de Quill. Je m'appelle Ego, et je suis ton père, Peter.

À ces mots, celui-ci lâche son arme et reste bouche bée.

En dépit de ses deux soleils superposés, la planète Contraxia est aussi glaciale que les individus qui fréquentent son bar le plus malfamé, le Lotus de Fer. Situé dans une ville d'immeubles aux couleurs criardes et aux néons allumés jour et nuit, l'établissement est très apprécié des Ravageurs.

Ces derniers forment une confrérie secrète de pirates de l'espace. Ils n'ont qu'un seul objectif : trouver (ou voler, si nécessaire) des objets de valeur à travers la galaxie et les revendre afin de s'enrichir. Ces transactions sont généralement illégales mais, pour Yondu Udonta, c'est un travail comme un autre. Pourtant, même les Ravageurs obéissent à un certain code de l'honneur et, depuis quelque temps, Yondu a plutôt mauvaise réputation parmi les siens.

Il lance un coup d'œil à un Tullk, une vieille connaissance, qui lui adresse un signe de tête. Aussitôt, deux gardes du corps les encadrent, et les quatre hommes entrent dans la salle principale du Lotus de Fer. En distinguant une voix familière, Yondu s'arrête net et marmonne un juron avant de parcourir l'endroit du regard.

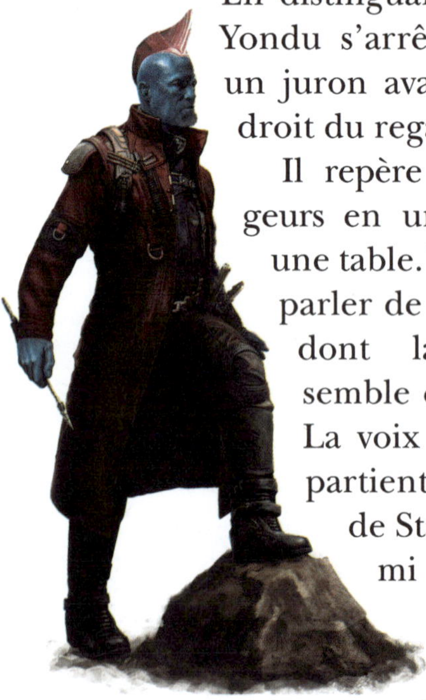

Il repère un groupe de Ravageurs en uniforme bleu, assis à une table. Yondu a déjà entendu parler de l'un d'eux, Martinex, dont la peau scintillante semble couverte de diamants. La voix qu'il a reconnue appartient à un individu du nom de Stakar, une légende parmi les Ravageurs. Yondu sait qu'il vaut mieux être de son côté

– ce qui n'est malheureusement pas le cas en ce moment.

À cet instant, Martinex aperçoit Yondu et le désigne à son chef.

Terrifié, Yondu regrette d'avoir été remarqué aussi vite, mais il n'a pas vraiment le choix : il est plus prudent d'affronter dès maintenant celui qui le méprise.

– Stakar, le salue-t-il en s'approchant de la table. Ça fait longtemps que…

L'autre Ravageur se redresse et dévisage Yondu, jusqu'à ce que ce dernier s'asseye face à lui.

– Ce bar est décidément très mal fréquenté, gronde alors Stakar sur un ton hostile.

– Écoute, je veux simplement… commence Yondu.

L'homme l'ignore et se tourne vers le propriétaire du Lotus de Fer, un extraterrestre originaire de la planète Sneep.

– En acceptant de servir Yondu, tu te prives de la clientèle de la majorité des factions de Ravageurs ! déclare Stakar. Je ne resterai pas ici une minute de plus.

– Non, s'il vous plaît, monsieur ! supplie le propriétaire.

En vain. Stakar et ses compagnons sortent de l'établissement, imités par la plupart des clients. Un instant plus tard, Yondu se retrouve seul avec son gang, dont son fidèle bras droit, un homme du nom de Kraglin.

La mâchoire crispée, Yondu bondit de sa chaise et va rejoindre Stakar à l'extérieur.

– Tu sais quoi ? lance-t-il. Je me moque de savoir ce que tu penses de moi !

– Dans ce cas, pourquoi me suis-tu ? demande Stakar en se tournant vers lui.

– Parce que je veux que tu écoutes ce que j'ai à te dire, rétorque Yondu.

– Ça ne m'intéresse pas ! Tu as trahi notre code de l'honneur.

– J'ignorais ce que contenait la cargaison ! l'interrompt Yondu.

– Cesse de mentir, tu ne pensais qu'à t'enrichir, réplique Stakar. Tu ne mérites plus d'être un Ravageur, ajoute-t-il, presque désolé.

Même s'il a déjà vu certains membres être bannis de la confrérie, c'est la première fois qu'il lui faut infliger cette punition, pire que la mort, à l'un des siens.

– Yondu Udonta, commence-t-il, tu portes peut-être l'uniforme des Ravageurs, mais les couleurs d'Ogord n'illumineront pas ta tombe quand tu seras mort. C'est le cœur lourd que je te bannis, sache-le. J'espère ne plus jamais croiser ta route.

Sans un mot de plus, Stakar s'éloigne dans la nuit avec Martinex et ses autres compagnons.

Yondu reste seul et désespéré devant le Lotus de Fer. Il s'est mis à neiger, et il sent les flocons tomber lentement sur lui. Pourtant, il ne réagit pas. Stakar vient de le priver de l'existence qu'il a toujours connue.

Derrière lui, les membres de son gang se réunissent. Maintenant que leur chef a perdu son titre de Ravageur, ils se demandent ce qu'ils vont devenir.

– Quand Quill nous a trahis, Yondu ne l'a même pas puni, murmure Taserface, un individu énorme. Il est devenu trop sentimental, c'est sûr.

– Dans ce cas, pourquoi est-ce que tu chuchotes ? ironise Kraglin. Tu as encore peur de lui ?

Taserface le fixe droit dans les yeux.

– Tu sais que j'ai raison, affirme-t-il sur un ton de défi.

Tullk s'avance alors entre les deux hommes.

– Tu ferais mieux d'être plus respectueux quand tu parles de notre chef, Taserface, prévient-il.

Soudain, à la surprise générale, un vaisseau aux courbes élégantes atterrit devant le Lotus de Fer. Les portes s'ouvrent et deux servantes de la planète Souveraine déroulent un long tapis bleu jusqu'aux pieds de Yondu. Puis la Grande Prêtresse Ayesha sort du vaisseau et traverse le groupe de Ravageurs sans daigner les regarder. Elle se dirige vers leur chef d'un pas léger et s'immobilise devant lui en souriant.

– Yondu Udonta, j'ai une proposition à vous faire, dit-elle.

L'homme à la peau bleue réfléchit un bref instant et songe qu'il n'a pas grand-chose à perdre. Un sourire sarcastique se dessine alors sur ses lèvres.

– Je vous écoute, répond-il à la Grande Prêtresse.

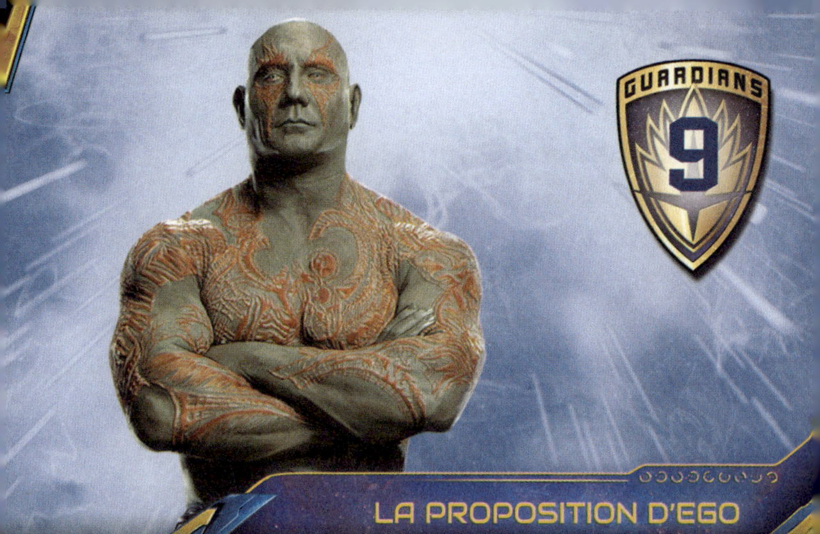

LA PROPOSITION D'EGO

Peter s'interroge sur ses origines depuis le jour où il a appris qu'il n'était qu'à moitié terrien. Il se demande souvent si des ailes vont soudain lui pousser dans le dos, ou si sa peau va virer au bleu sans prévenir, ou encore si des branchies vont remplacer ses poumons et lui permettre de respirer sous l'eau. Ces possibilités lui ont toujours semblé infinies. Par conséquent, il a maintenant du mal à réaliser que son père est cet individu du nom d'Ego, qui mange avec appétit autour du feu de camp. Un homme qui n'a rien d'extraordinaire

– du moins en apparence. Peter a beau se sentir soulagé, il ne sait plus que penser.

– Pourquoi ? demande-t-il.

Ego a compris la question de son fils sans que celui-ci ait besoin d'en dire plus.

– Ta mère était mourante, répond-il. J'ai alors envoyé Yondu te chercher.

– Tu aurais peut-être dû vérifier s'il avait déjà fait du baby-sitting, avant de lui confier cette mission, marmonne Peter.

– J'aurais préféré venir en personne, continue Ego, mais j'étais au beau milieu d'une bataille intergalactique contre des forces démoniaques qui voulaient détruire cette dimension. Yondu était censé te conduire jusqu'à moi. J'ignore pour quelle raison il a préféré te garder.

Quill laisse échapper un rire amer.

– Parce que j'étais assez mince pour me faufiler dans des endroits où les Ravageurs ne pouvaient pas passer, explique-t-il. C'était plus facile pour commettre des vols.

– Crois-moi, mon fils, je n'ai jamais cessé de te chercher, affirme Ego sur un ton de regret.

– Je pensais que Yondu était ton père, intervient Drax.

– Quoi ? s'exclame Peter, surpris de constater à quel point le mercenaire manque parfois d'intelligence.

– Vous vous ressemblez pourtant comme deux gouttes d'eau, observe Drax, sur la défensive.

Rocket lève les yeux au ciel en riant.

– Yondu le Ravageur a la peau bleue ! lui rappelle-t-il.

Même Groot regarde le mercenaire d'un air incrédule.

– Je suis Groot ! commente-t-il en secouant la tête.

– Yondu n'a jamais été un véritable père pour moi, reprend Peter, énervé. Il m'a simplement enseigné à combattre et à devenir un hors-la-loi, comme lui. Il me terrifiait tout le temps en me menaçant de me dévorer !

– Te dévorer ? répète Ego, horrifié, en plissant les yeux. Ce sale Ravageur de…

– Après tout ce temps, comment avez-vous fait pour enfin localiser Peter ? l'interrompt Gamora d'une voix soupçonneuse.

Ego se redresse et fixe son fils avec fierté.

– Même si je vis très loin d'ici, au-delà des confins des mondes connus, j'ai entendu parler d'un guerrier légendaire du nom de Star-Lord.

À ces mots, Quill bombe le torse.

– Ah, vous voyez ?! Je vous avais bien dit que j'étais célèbre sous ce nom ! lance-t-il à ses amis avant de s'apercevoir qu'aucun d'eux ne semble impressionné.

– Que dirais-tu de m'y accompagner ? demande Ego à son fils.

– Au-delà des confins des mondes connus ? interroge Gamora en haussant les sourcils.

L'homme ignore cette remarque et continue de s'adresser à Peter :

– Vous y serez les bienvenus, ton équipage et toi, même ce singe au visage triangulaire, ajoute-t-il en désignant Rocket. Cet endroit n'est comparable à nul autre. Là-bas, je pourrai te parler de tes origines plus en détail.

Depuis l'enfance, Quill rêve de parcourir l'espace en compagnie de son père, et voilà que ceci est sur le point de se réaliser. Mais alors, pourquoi éprouve-t-il à présent si peu de joie à cette idée ?

– Allons faire un tour, toi et moi, Peter, propose soudain Gamora, l'arrachant à ses pensées.

– Ça tombe bien, il faut que j'aille au petit coin, dit Ego, devinant que son fils a besoin de réfléchir avant de prendre une décision.

Il s'éloigne entre les buissons tandis que Quill et Gamora partent dans la direction opposée. Groot, Rocket et Drax se retrouvent seuls autour du feu de camp avec la femme qui accompagne Ego et dont ils ont appris le nom : Mantis.

Drax scrute cette dernière, qui le regarde en affichant un rictus hideux.

– Qu'est-ce que tu fais ? s'étonne le tatoué.

– Je souris, explique Mantis sans changer d'expression. J'ai entendu dire que ça permettait de se rendre sympathique.

– Oui, mais pas comme ça. C'est exagéré, répond Drax.

– Oh ! comprend Mantis, un peu gênée, en reprenant son sérieux. Vu que j'ai été élevée seule sur la planète d'Ego, j'ai du mal à assimiler les complexités des relations sociales.

– Je suis un excellent professeur, affirme Drax. Tu n'as qu'à m'observer, et tu en apprendras beaucoup.

Mantis pointe un index sur Rocket, qui est occupé à nettoyer l'une de ses armes.

– Ton animal de compagnie est adorable ! Je peux le caresser ? demande-t-elle.

Un sourire taquin illumine le visage du mercenaire.

– Évidemment. Il adore qu'on le gratte derrière les oreilles.

Mantis s'approche de Rocket et tend la main vers lui. Le raton laveur, qui a aperçu un mouvement du coin de l'œil, se retourne et claque des mâchoires, comme pour mordre la femme. Celle-ci recule en pouffant, tandis que Drax éclate de rire.

– Je t'ai joué un tour, tu vois ? lui explique le mercenaire, désormais convaincu que Mantis et lui vont bien s'entendre.

Pendant ce temps, dans une clairière à l'écart du *Milano*, Gamora essaie de discuter raisonnablement avec Quill, mais celui-ci a visiblement déjà pris sa décision.

– Ce serait dangereux de partir avec cet individu au-delà des confins des mondes connus, déclare-t-elle. Après tout, qu'est-ce qui nous prouve que cet Ego est ton père ? Je crois plutôt que c'est un piège. Si ça se trouve, il est allié aux Ravageurs ou aux Souverains, qui veulent tous notre mort.

– Pas lui, j'en suis sûr, réplique Peter. Il nous a sauvé la vie, tu l'as déjà oublié ?

Gamora laisse échapper un soupir exaspéré.

– Et nous avons sauvé Nebula afin de toucher la prime promise par les Xandariens, reprend-elle. Qui te dit que cet Ego ne va pas agir de la même manière et nous livrer à l'un de nos ennemis ?

– Quand j'étais enfant, je portais toujours sur moi la photo de David Hasselhoff et je racontais aux autres que c'était mon père, se souvient Peter.

– David Hasselhoff ? répète Gamora.

– Un acteur super cool ! Il jouait dans une série où il conduisait une voiture qui parlait.

– Pourquoi est-ce qu'elle parlait ? interroge la guerrière, ébahie.

– Pour combattre le crime et pour tenir compagnie au héros, ajoute Quill, même s'il voit bien que Gamora n'a rien compris.

Réalisant pourtant que son ami a envie de se confier, la jeune femme tend une main vers lui.

– C'est une belle histoire, Peter, malgré tout…

– Non, c'était idiot, l'interrompt Quill

en repoussant la main de Gamora. Tout le monde savait que ce n'était pas mon père. Je rêvais d'en avoir un, comme les autres. Et si Ego était ma seule chance ?

Il réfléchit avant de murmurer :

– C'est peut-être un Hasselhoff, en fin de compte.

– Ça m'étonnerait, déclare Gamora.

– Tâchons de découvrir qui il est vraiment et tu verras que j'avais raison, propose Peter, plein d'espoir.

Prenant conscience qu'il est inutile de le convaincre du contraire, la guerrière hoche la tête, puis repart en direction du feu de camp. Quill lève discrètement le poing en signe de triomphe.

Quelques instants plus tard, à bord du *Milano*, Gamora range des affaires dans un sac.

– Tu as l'intention de me laisser seule ici avec ce renard ? hurle Nebula, furibonde.

– Combien de fois faut-il que je te le répète ? s'écrie Rocket en dégainant son pistolet. JE NE SUIS PAS UN RENARD !

– Tire-lui dessus sans hésiter si elle se comporte de façon suspecte, ordonne Gamora en lançant un regard noir à sa sœur. Ou si ça te fait plaisir. Quoi qu'il arrive, garde-la en vie.

À ces mots, le raton laveur pousse un grognement déçu.

– Je suis Groot ! annonce alors une voix derrière Gamora.

Voyant que le petit arbre a des larmes aux yeux, la guerrière le soulève délicatement du sol.

– On ne s'absentera pas plus de quelques jours, explique-t-elle. On sera de retour avant même que Rocket ait terminé de réparer le vaisseau.

Dès qu'elle repose Groot par terre, il court vers Rocket, prêt à pleurer sur son épaule.

– Fais attention, je déteste avoir la fourrure humide ! le prévient son ami. Ce n'est rien, on s'est souvent retrouvés seuls, toi et moi.

Les Gardiens de la Galaxie se réunissent devant le vaisseau d'Ego.

– Je suis heureux que tu aies décidé d'entreprendre ce voyage, avoue celui-ci en tapotant l'épaule de son fils. C'est pour moi une façon de me faire pardonner.

Tandis que Mantis et lui montent à bord, Drax, Gamora et Peter se tournent vers les compagnons qu'ils laissent sur cette planète.

– Ne t'avise pas d'endommager davantage le *Milano*, boule de poils ! lance Quill à Rocket.

– J'espère que ton papa n'est pas aussi abruti que toi, espèce d'orphelin ! ricane le raton laveur.

Peter ne peut réprimer un sourire. Il contemple une dernière fois son vaisseau, ainsi que Groot, qui agite ses petites branches pour lui dire au revoir. Puis il suit ses amis à l'intérieur du navire spatial d'Ego : sa première aventure en famille est sur le point de commencer !

Les flammes du feu de camp grésillent et les quatre lunes de la planète Berhert montent dans le ciel, projetant leurs lueurs bleutées au-dessus de la forêt. Dans le *Milano*, Rocket fredonne une chanson de la *Super Compil' n° 2* de Quill tout en examinant les dommages causés par les tirs des omnicrafts et l'atterrissage forcé.

– Hé, renard ! l'appelle Nebula sur un ton maussade. Il n'y a rien à manger, dans ce vieux tas de ferraille ?

– Tant que tu m'insulteras, je refuserai de te parler, rétorque le raton laveur.

– Je t'ai insulté, vraiment ? s'étonne Nebula avec sincérité.

– Je suis Groot, répond le petit arbre en agitant une brindille, comme pour réprimander la guerrière.

– Exactement ! approuve Rocket avant de se remettre au travail.

– Exactement quoi ? Je ne comprends pas la langue des bébés plantes, proteste Nebula en secouant ses chaînes.

– Ce n'est pas en parlant ainsi de mon copain que tu vas arranger ton cas, l'avertit le raton laveur.

– Et si vous alliez me chercher à manger dans la forêt ? suggère la prisonnière. Et comment ça se fait que tu sois chargé de réparer ce vaisseau ? On dirait qu'il a été construit par un gamin !

– Puisque c'est ainsi, mademoiselle grincheuse sera privée de dîner ! décide Rocket. D'accord, Groot ?

– Je suis Groot ! confirme celui-ci en souriant.

– Et si tu allais me dénicher un morceau de la viande xandarienne que Drax cache sous sa couchette, Groot ? demande le raton laveur avant d'adresser un clin d'œil à Nebula. Je suis mort de faim !

– Je te ferai rôtir au-dessus de ce feu, vilain rongeur, menace la captive.

– Oh, je tremble de peur ! ironise Rocket. Bon, écoute, ajoute-t-il en reprenant son sérieux. Vu qu'on est tous les deux des hors-la-loi, on devrait normalement bien s'entendre, toi et moi. Le problème, c'est que chaque fois que je croise ta route, tu cherches à nous tuer, mes compagnons et moi. C'est dommage, car je suis d'habitude très sympa. Mais ne t'avise pas de t'en prendre à moi : je serai le premier à dégainer mes armes.

À cet instant, Groot revient avec un morceau de viande, qu'il lance à son ami.

– Il est temps de festoyer ! annonce Rocket.

Nebula lui décoche un regard meurtrier et s'adosse à la paroi du vaisseau pour réfléchir aux différents moyens de se débarrasser du raton laveur dès qu'elle aura réussi à se libérer de ses chaînes.

Rocket, qui dévore son repas en fredonnant de nouveau, ne semble cependant pas se douter que d'autres dangers le guettent dans les profondeurs de la forêt : Taserface, l'énorme Ravageur, et Kraglin, le bras droit de Yondu, se sont installés au sommet d'une colline afin d'épier le *Milano* et ses occupants.

– On va enfin pouvoir se venger de Quill et de ses moucherons, gronde Taserface.

– Je suis sûr que Yondu… commence Kraglin.

Son complice l'interrompt en se moquant :

– Sûr que Yondu quoi ? Il joue au toutou avec la dame à la peau dorée, mais c'est grâce à elle qu'on a obtenu ça ! explique-t-il en montrant l'autre versant.

Dans la vallée qui s'étend en contrebas, des dizaines de vaisseaux sont en train d'atterrir. L'instant d'après, des bataillons de Ravageurs en surgissent et gravissent la colline. Au centre, comme un roi qui vient de remonter sur son trône, Yondu savoure déjà la victoire à venir.

Une fois sur la crête, il se tourne vers ses troupes et, d'un signe de la main, leur ordonne de le suivre discrètement.

– N'oublie pas que c'est Yondu que la Grande Prêtresse a recruté, pas toi, Taserface, lui rappelle Kraglin tandis que les deux hommes se mettent en route avec les autres.

En silence, les Ravageurs encerclent peu à peu le vaisseau des Gardiens de la Galaxie. Taserface sent l'adrénaline monter en lui : il est prêt à combattre ! Il distingue alors la voix de Rocket qui fredonne une chanson rythmée à l'intérieur du *Milano.* Impatient de passer à l'attaque, le Ravageur s'élance à travers les buissons dans cette direction. Soudain, il entend un cliquetis et réalise, trop tard, que l'un des guerriers qui courent à côté de lui vient de marcher sur un piège ! Des centaines de fléchettes jaillissent alors de la cime des arbres et atteignent les Ravageurs, qui tombent les uns après les autres. Puis celui qui a déclenché le mécanisme du piège est abattu d'un coup de blaster.

Dans le *Milano*, la détonation réveille Nebula. Où est Rocket, qu'elle entend encore chantonner ? Elle remarque alors un talkie-walkie scotché devant la fenêtre ouverte du vaisseau, le haut-parleur face à la forêt.

– Cet idiot veut notre mort, grommelle la prisonnière en se tournant vers Groot, recroquevillé dans un coin.

– Je suis Groot, soupire celui-ci, craignant que Rocket, encore une fois, n'ait fait une grosse bêtise.

Accroupi en haut d'un arbre, Rocket passe son fusil en bandoulière et se penche vers un détonateur. L'appareil est doté de deux boutons : « BOUM » est inscrit sur le premier, « GROS BOUM » sur le second. Le raton laveur continue de chantonner à voix basse dans son système de communication tout en sortant l'antenne du détonateur. Puis il observe deux bataillons de Ravageurs qui se rapprochent et appuie sur le bouton « BOUM ». Frappés par un puissant courant électrique, plusieurs ennemis sont projetés dans les airs. Les autres se figent, inquiets.

« Parfait », pense Rocket avec un sourire malin. Il presse le bouton « GROS BOUM » et se débarrasse du deuxième bataillon !

Soudain, un Ravageur repère Rocket dans son arbre.

– Il est ici ! hurle-t-il.

Trop tard. Le raton laveur se propulse d'une branche à la suivante tout en continuant d'appuyer sur les boutons du détonateur, faisant subir le même sort aux adversaires qui se trouvent au-dessous de lui.

À bord du *Milano*, Nebula essaie de se faire comprendre de Groot.

– Ton copain poilu est en danger, il a besoin de moi, explique-t-elle en secouant ses chaînes. Détache-moi, s'il te plaît, que je puisse le rejoindre.

– Je suis Groot ? répond le jeune arbre en la fixant avec méfiance.

– Je regrette d'avoir menacé de le rôtir au-dessus du feu, d'accord ? reprend Nebula d'une voix plus douce.

Voyant que Groot n'est toujours pas convaincu, elle réfléchit un instant.

– Passe-moi ce talkie-walkie, je crois que j'ai une idée, reprend-elle.

Groot a l'habitude d'entendre les autres Gardiens de la Galaxie annoncer ce genre de choses et, la plupart du temps, cela se solde par une situation encore pire. « Pourtant, quelle catastrophe Nebula pourrait-elle vraiment provoquer avec un simple talkie-walkie ? » se demande le petit arbre.

Pendant ce temps, non loin du *Milano*, Rocket s'est réfugié au sommet d'un arbre. Il retient son souffle tandis que six Ravageurs partis à sa recherche passent au-dessous de lui. Il attend que le dernier soit juste à sa hauteur pour se laisser chuter sur ses épaules. Puis le raton laveur sort des petits disques collants de sa combinaison et en plaque un dans le dos de l'homme, avant de sauter en avant jusqu'au Ravageur suivant, où il répète l'opération, et ainsi de suite. Tandis que ses adversaires s'efforcent vainement de retirer les disques fixés entre leurs omoplates, Rocket s'élance au-dessus d'eux en activant un appareil : aussitôt, les Ravageurs sont saisis de convulsions électriques et s'écroulent à terre.

Rocket rit tellement qu'il ne remarque pas deux hommes particulièrement musclés qui s'approchent de lui.

– Tu n'es plus si fort sans tes joujoux, hein ? fait observer le premier, du nom de Brahl.

– Qui a besoin de jouets quand je peux emprunter le tien ? rétorque le raton laveur en s'accroupissant. Tu veux voir de quoi je suis capable ?

Il bondit dans les airs et donne un coup de poing dans la gorge de Brahl. Le second Ravageur fait feu : Rocket s'écarte en exécutant un saut périlleux arrière, et le tir atteint Brahl. Le raton laveur atterrit sur l'autre homme et l'assomme sans difficulté.

– Je vous avais pourtant prévenus, les gars ! se vante le raton laveur en se dressant entre les deux Ravageurs inconscients. Sans joujoux, mais…

Un sifflement familier l'interrompt. Il lève les yeux, juste à temps pour voir la flèche de Yondu filer droit sur lui. Avant que Rocket puisse réagir, la flèche s'immobilise brusquement à deux centimètres de son front.

Yondu surgit alors entre les arbres, un grand sourire aux lèvres.

– Salut, le rat ! s'exclame-t-il de sa voix rauque. Tu es content de me voir ?

Blottis l'un contre l'autre dans un coin du *Milano,* Nebula et Groot voient une dizaine de Ravageurs s'approcher du vaisseau. Une flèche flottant dangereusement près de son crâne, Rocket avance aux côtés de Yondu.

– Chut, bébé arbre, murmure la prisonnière à Groot, qui tremble de frayeur. Tout va se passer comme prévu.

« Du moins, je l'espère », se dit-elle.

Pendant ce temps, Rocket décide de bavarder avec ses ravisseurs tout en réfléchissant à un plan d'évasion.

– Alors, comment ça va depuis la dernière fois qu'on s'est croisés, espèce de grand idiot à la peau bleue ? demande-t-il à Yondu.

– Pas si mal que ça, ricane celui-ci, sachant qu'il a déjà accompli une partie de sa mission. On a été recrutés par une fille dorée plutôt prétentieuse.

– Vous devez donc vous entendre à merveille, tous les deux, commente le raton laveur en se remémorant sa dernière rencontre avec la Grande Prêtresse Ayesha.

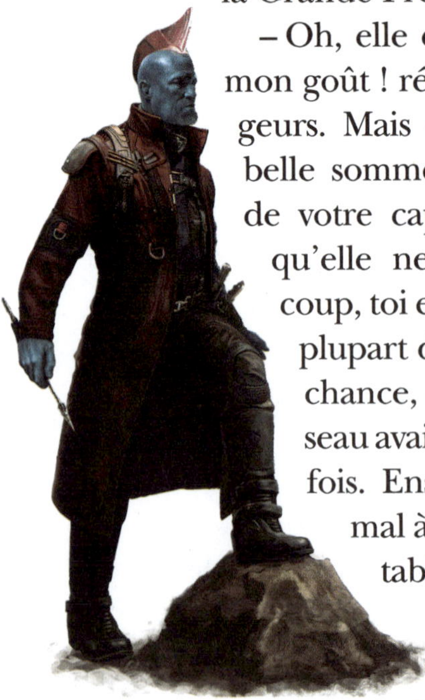

– Oh, elle est bien trop sérieuse à mon goût ! réplique le chef des Ravageurs. Mais elle nous a offert une belle somme d'argent en échange de votre capture. J'ai l'impression qu'elle ne vous aime pas beaucoup, toi et tes copains. Comme la plupart des gens, à vrai dire. Par chance, elle savait où votre vaisseau avait été vu pour la dernière fois. Ensuite, je n'ai eu aucun mal à trouver la planète habitable la plus proche.

– Tu oublies de mentionner le

dispositif de repérage qu'on avait placé sur la coque du *Milano* après la bataille au-dessus de Xandar, rappelle Kraglin en se penchant vers Yondu.

– Je vous ai conduits jusqu'ici, c'est tout ce qui compte, hein ? gronde celui-ci.

– Oui, chef, répond son bras droit en hochant la tête avec docilité.

– Et j'ai réussi à attraper le rongeur, pas vrai ? insiste Yondu, s'adressant cette fois à la dizaine de Ravageurs.

Tous approuvent les paroles de leur meneur.

– Si je comprends bien, cette fille dorée vous a payés pour nous tuer ? demande Rocket.

– Et on aura droit à un bonus si on lui ramène les batteries que vous avez volées, précise Yondu.

À ces mots, le raton laveur se tourne brusquement vers lui.

– Je te dirai où elles sont cachées si tu jures sur l'honneur de nous laisser la vie sauve, à Groot et à moi, propose-t-il.

– Tu as de la chance, car je n'ai pas d'honneur, ironise Yondu en souriant de toutes ses dents. Si c'était le cas, je vous remettrais à Ayesha. Passons un marché, boule de poils !

Mais Taserface ne l'entend pas de cette oreille.

– La Grande Prêtresse nous a offert un million d'unités pour les batteries, sans compter ce qu'elle nous donnera en échange des cadavres des Gardiens de la Galaxie, et toi, tu envisages de les relâcher ? proteste-t-il.

– Qui est le chef, ici ? rétorque Yondu d'une voix autoritaire. On obtiendra davantage en revendant les batteries séparément. On n'aura aucun mal à trouver des corps qui ressembleront à ceux de Quill et des autres Gardiens.

Remarquant alors un léger mouvement dans les arbres, derrière les Ravageurs, Rocket reprend espoir. Il ne lui reste plus qu'à distraire l'attention de ses ravisseurs.

– Je suis d'accord avec Yondu, intervient-il. Vous avez simplement besoin de dénicher une créature poilue et de…

Il pivote sur lui-même, tombe par terre et fait le mort, la langue coincée entre les lèvres.

– Debout, imbécile, ordonne Yondu en lui donnant un petit coup de pied.

– Je ne peux plus bouger, je suis mort, marmonne Rocket sans rouvrir les yeux.

– On n'a pas de temps à perdre avec ton cinéma, soupire le chef des Ravageurs. Allez, sois gentil et va me chercher les batteries, qu'on puisse repartir au plus vite !

– Pas question, grogne Taserface en portant la main à son arme. On ne quittera pas cette planète sans leurs cadavres. Tu es devenu un peu trop sentimental, Yondu… Et si on se choisissait un nouveau chef ?

Comprenant que ses hommes sont sur le point de se rebeller, Yondu s'exclame, furieux :

– Je ne suis pas stupide au point de vouloir TUER les Gardiens de la Galaxie ! Je n'ai pas envie d'avoir tous les Nova Corps à nos trousses !

– Mais si on avait le chef qu'il nous faut, on arriverait à leur tenir tête, suggère un autre Ravageur en dégainant son arme.

Devinant que le groupe est prêt à se rallier à lui, Taserface affiche un rictus terrifiant.

– Je me fiche complètement des Nova Corps, crache-t-il. Et toi, Yondu, je trouve que tu t'inquiètes trop facilement, ces derniers temps. Qui est d'accord pour le bannir de notre confrérie, comme Stakar l'a proposé ? tonne-t-il en se tournant vers ses compagnons.

Ceux-ci approuvent à l'unisson.

– Vous n'oserez pas ! siffle Yondu, révolté par cette trahison inattendue. Aucun de vous ne sait comment cette galaxie fonctionne. Dis-leur que j'ai raison, Kraglin, ajoute-t-il en s'adressant à son bras droit.

Ce dernier baisse les yeux, incapable de croiser le regard de son chef.

– C'est peut-être mieux… de laisser quelqu'un d'autre essayer, marmonne-t-il avec hésitation.

– Qui ça ? rugit Yondu.

– Je me désigne chef ! annonce Taserface.

En un éclair, il passe une paire de menottes autour des poignets de Yondu.

– Taserface, notre capitaine ! l'acclament les Ravageurs.

– À genoux, ordonne le nouveau meneur en se dressant de toute sa hauteur au-dessus de son prisonnier.

Yondu, qui a l'impression que tout s'écroule autour de lui, ne bouge pas. Cela fait des décennies qu'il parcourt la galaxie avec ces hommes, et jamais il n'aurait imaginé qu'ils se rebelleraient.

– Et si tu obéissais, visage bleu ? chuchote Rocket.

– Tu es passé dans leur camp, toi aussi ? riposte Yondu. Je refuse de m'agenouiller devant qui que ce soit.

– Si tu préfères mourir, libre à toi, répond le raton laveur avec un haussement d'épaules. Mais ne va pas dire ensuite que je ne t'ai jamais aidé.

Yondu se contente de le foudroyer du regard, tandis que Rocket jette un coup d'œil nerveux vers la lisière de la forêt.

Aucun mouvement.

Il reporte alors son attention sur les Ravageurs, entre lesquels la tension commence à monter.

– Écoute-moi une seconde ! braille-t-il en agitant les mains devant Taserface.

Tous se taisent et fixent Rocket avec hostilité.

– Je suis sûr qu'on va trouver une solution pacifique, déclare le raton laveur. Ou même une solution *violente* ! crie-t-il en se tournant vers les arbres.

Soudain, comme s'il avait été entendu, deux détonations résonnent. Rocket baisse les yeux et constate qu'il est encore en vie. Les coups de feu ont simplement arraché les armes des mains des Ravageurs. Ces derniers lancent des regards affolés autour d'eux quand une voix retentit depuis la lisière de la forêt :

– Tu n'as donc pas l'intention de TUER les Gardiens de la Galaxie, Yondu ? À mon avis, c'est l'une des paroles les plus sensées que tu aies jamais prononcées.

À cet instant, une lumière illumine les arbres et dévoile le vaisseau ovale d'Ego. Armé de ses pistolets, Star-Lord se tient debout sur le toit du navire spatial. La porte s'ouvre, et Drax et Gamora en surgissent, résolus à combattre. Quelques Ravageurs s'élancent vers eux, Taserface en tête. La guerrière et le mercenaire font tournoyer leurs épées et leurs lames, désarmant rapidement leurs ennemis. Drax prend un grand plaisir à assommer Taserface. Rocket, qui a lui aussi envie de s'amuser, bondit sur le dos d'un Ravageur : il lui mord les oreilles et lui donne de violents coups de poing jusqu'à ce que l'homme s'écroule, inconscient.

Yondu s'approche de Peter avec un sourire nerveux.

– Quill, mon garçon ! Content de te revoir ! Ton copain poilu et moi, on était justement en train de s'arranger pour…

– Pas si vite, le coupe Star-Lord en reculant d'un pas. Je suis venu avec quelqu'un qui aimerait te dire un mot.

– Nous avions conclu un marché, affirme alors une voix à l'intérieur du vaisseau.

Une seconde plus tard, Ego en sort en plissant les yeux.

– Je ne pensais pas te… revoir un jour… bredouille Yondu, très embarrassé.

– C'est vrai, tu étais trop occupé à enseigner à mon fils à devenir un hors-la-loi, rétorque Ego. Mais tout ça, c'est du passé. Une affaire plus urgente nous attend, ajoute-t-il sans donner plus de précisions.

– Oui, j'imagine que vous avez du temps à rattraper, tous les deux, répond Yondu.

Autant se dire au revoir tout de suite, d'accord ?

Ego hausse les épaules et s'apprête à rejoindre son vaisseau quand Quill lui fait signe de rester.

– On peut au moins le détacher, suggère-t-il en désignant les poignets de Yondu. Même s'il est loin d'être parfait, il m'a élevé comme si j'avais été son fils.

Ego observe Yondu, puis les quelques Ravageurs encore debout, qui se tiennent à l'écart.

– Il me reste une dernière chose à régler, annonce-t-il.

Un rayon lumineux apparaît au bout de son index.

Yondu ferme les yeux et se prépare à souffrir. Il entend alors un cliquetis à ses pieds : il baisse la tête et voit ses menottes sur le sol.

Les autres Ravageurs fixent le père de Peter avec inquiétude.

– Qu'est-ce que vous allez faire de nous ? demande Kraglin d'une voix tremblante.

– Vous ne livrerez aucun prisonnier aux Souverains et vous obéirez aux ordres de votre vrai capitaine, Yondu, réplique Ego.

– Ou… oui, monsieur, bafouille Kraglin.

– Bien parlé ! s'écrie Yondu.

Maintenant que ses hommes ont changé d'attitude à son égard, il a retrouvé sa belle assurance.

Il s'avance vers Taserface, qui gît encore à terre, et lui passe les menottes aux poignets.

– On va avoir une longue discussion, toi et moi, grommelle Yondu.

– Évite de croiser de nouveau la route de la Grande Prêtresse Ayesha et des autres habitants de la planète Souveraine, compris ? conseille Peter. Et s'ils vous interrogent, tes hommes et toi, dites-leur bien que vous ne nous avez jamais retrouvés !

– Pas de problème, mon garçon ! assure Yondu avec un clin d'œil complice.

Les Ravageurs s'empressent de retourner à leurs vaisseaux et de monter à bord. Dès qu'ils ont décollé, Rocket pousse un long soupir de soulagement.

– Rien ne s'est déroulé comme je l'avais prévu, remarque-t-il. Je ne vous reproche évidemment pas d'être intervenus, Quill, mais comment avez-vous su qu'on était en danger… ?

En guise d'explication, Gamora brandit un talkie-walkie.

– Je n'étais pourtant pas sur votre fréquence, répond le raton laveur, perplexe.

– Hem… toussote quelqu'un derrière lui.

Rocket fait volte-face et voit Nebula, un autre talkie-walkie à la main.

– Je suis Groot ! précise Groot, qui se tient à côté de la prisonnière.

– Ton bébé arbre a refusé de me détacher, révèle Nebula, mais il a bien voulu me prêter ce talkie-walkie. J'ai misé sur le fait que tes amis capteraient peut-être mon message.

Elle se tait, comme si elle attendait des remerciements.

– Bravo, Groot, tu as été très futé ! félicite Rocket en serrant son ami dans ses bras.

Désabusée, la prisonnière jette le talkie-walkie par terre.

– Ton idée a payé, Nebula, admet Gamora à contrecœur. Nous t'en sommes reconnaissants. Ça ne nous empêchera pas de te livrer aux Xandariens à notre retour, ajoute-t-elle sévèrement.

– Je me sens vraiment appréciée, marmonne la captive.

Quill tape alors dans ses mains afin d'attirer l'attention de ses compagnons.

– Bon, tout est réglé, on est d'accord ? Les Souverains nous croient introuvables et les Ravageurs sont… aussi incompétents que d'habitude, se moque-t-il en levant les yeux au ciel. Pour le moment, je crois qu'on devrait rester tous ensemble, au cas où on ferait d'autres mauvaises rencontres. Rocket et Groot, vous venez donc avec nous. Mon père souhaite que nous participions à une mission secrète aux confins de l'univers. Une proposition géniale, à mon avis.

– Je suis Groot ! s'exclame Groot, enthousiaste, en se précipitant vers le vaisseau d'Ego.

Après avoir vérifié la solidité des chaînes de Nebula, Gamora et Drax suivent le petit arbre. Peter s'apprête à les rejoindre, quand Rocket le rappelle :

– Hé, Quill, merci d'être revenu nous sauver sans tout faire rater !

– On est les Gardiens de la Galaxie, tu sais, répond son ami. Il faut bien qu'on puisse compter les uns sur les autres. Personne ne le fera à notre place, pas vrai ?

Puis Peter et le raton laveur montent à bord du vaisseau d'Ego, qui décolle aussitôt vers l'inconnu. Rocket contemple la forêt qui disparaît dans le lointain et s'interroge sur leur prochaine destination, tout en sachant que ses amis le protégeront toujours, où qu'il soit dans la galaxie.

FIN

TABLE DES MATIÈRES

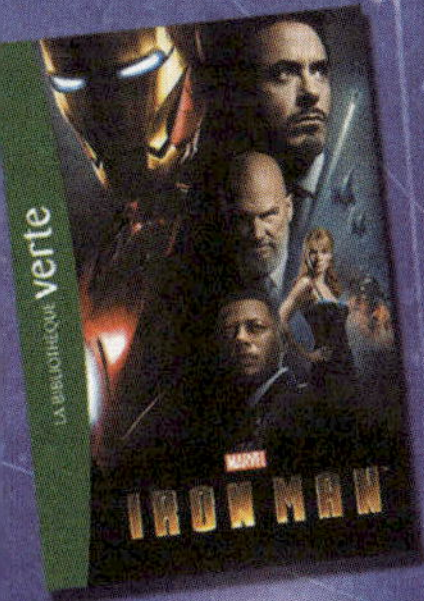

Iron Man

Iron Man 2

Iron Man 3

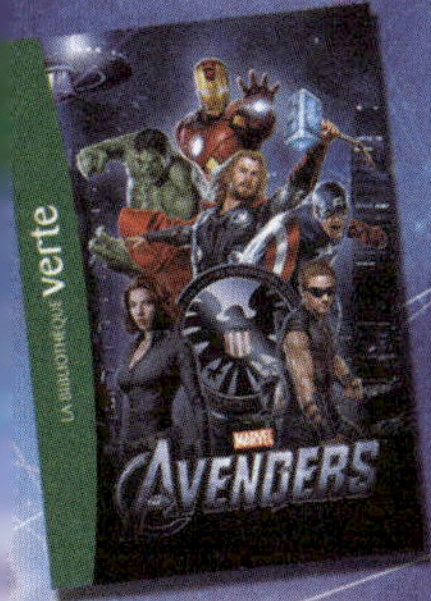

The Avengers

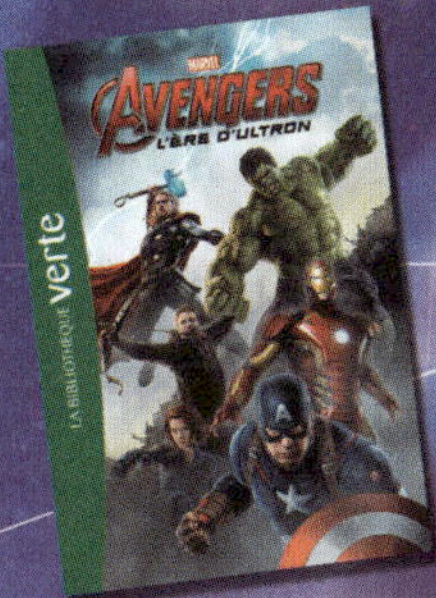

The Avengers 2

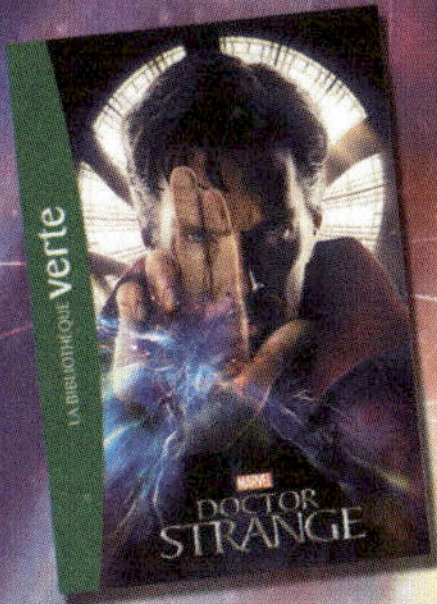

Doctor Strange

Captain America

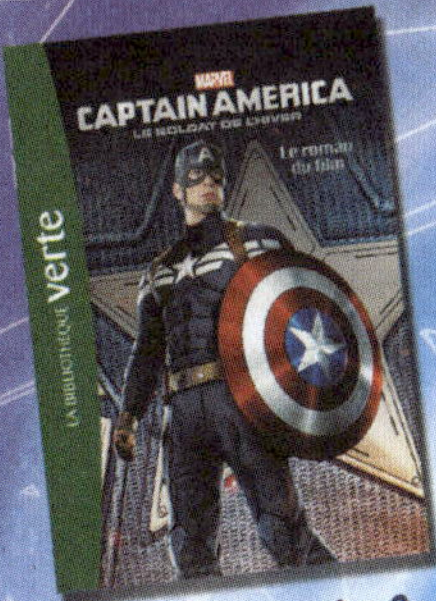

Captain America 2

Captain America
Civil War

PAPIER À BASE DE
FIBRES CERTIFIÉES

hachette s'engage pour l'environnement en réduisant l'empreinte carbone de ses livres. Celle de cet exemplaire est de :
600g éq. CO_2
Rendez-vous sur
www.hachette-durable.fr

Photogravure Nord Compo - Villeneuve-d'Ascq

Imprimé en Roumanie par G. Canale & C. S.A.
Dépôt légal : avril 2017
Achevé d'imprimer : mars 2017
36.6354.4/01 – ISBN 978-2-01-702098-1
Loi n° 49956 du 16 juillet 1949
sur les publications destinées à la jeunesse